tredition

www.tredition.de

AF196454

„Für meinen Bruder Frank"

tredition

www.tredition.de

© 2020 Eckhard Weise

Lektorat: Susanne Hoffmann, Ramona Lichtblau

Verlag und Druck: tredition GmbH, Halenreie 40-44, 22359 Hamburg

ISBN
Paperback: 978-3-347-00317-0

Umschlagbild: Manfred Grund: „Heimweh" (hemlängtan)

Eckhard Weise

Reisen der Sehnenden.
Im Kino, in Büchern, Bildern, in der Musik und anderswo.

Roman der Facetten:
Kurzgeschichten, Erzählungen, Märchen, Novellen, Essays,
Gedichte, Causerien u.a.

Tredition-Verlag

Inhaltsverzeichnis

Kapitel I: A long, long way home ...

Kapitel II: Grenzfahrt

Kapitel III: Verplaudereien

Das barfüßige Lächeln einer Sommernacht
Die Meerjungfrau
Mozalt
„Ich bin eine Dänemarkerin", sagte die kecke junge attraktive
Nadja Tiller zum nicht minder attraktiven Hans-Jörg Felmi im
westdeutschen Wiederaufbaufilm „Wir Wunderkinder".
I. Vedersø, oder sie bekamen die Fähre nicht
II. Hip, Hip, Hurah!
Verbietet Liebe nicht, Liebe zu verbieten?
Johanssens 2. Fall

Kapitel I: A long, long way home …

Reisen in der Verdunkelung

Von Moglis Schmusekurs und Nils Holgerssons Gänseflugbereitschaft eher gelangweilt kämpfe ich doch lieber mit Superman gegen King-Kong zur Errettung der weißen Frau, mit Hemingway gegen Stiere aus Spaß an der Fiesta, mit John Wayne gegen Nashörner, weil die womöglich schneller sind als Geländewagen.

Und weiter: was leg ich mich bloß ins Zeug zusammen mit Kapitän Ahab, Steven Spielberg, der malträtierten Melanie Daniels und ihrem überaus mutigen Freund Mitch Brenner, damit weiße Wale, weiße Haie und in Furien verwandelte Vögel uns nicht länger Gliedmaßen, Augen oder gar das Leben rauben dürfen.
Nein, nein, durchaus nicht von kleinen fröhlich trällernden und zwitschernden Kanarienvögel im goldenen Käfig ist länger die Rede.
Ja, ja, Edgar Allen Poes Vögel sind es, die frau und man zu tautologisieren neigt, schwarze Raben., die hämisch und durchtrieben auf pechschwarzen Starkstromkabeln hocken …
ach quatsch: nicht hocken, sondern lauern auf den punktgenauen Moment für die brutalstmögliche Attacke!
Am Ethologen Adolf Remane geschult entdecke ich doch tatsächlich zögerliche Rabinnen darunter. Diplomatinnen vielleicht?
Durchaus? Womöglich schon.
Aber die traurigen Reste des einstigen Matriarchats werden bedrohlich umzingelt von testosterongesteuerten schwarzbefrackten Herren im Reiche der Schatten.

War da nicht noch was?

Ach ja, natürlich! Und nicht zuletzt gilt mein mithelfender emotionaler Einsatz vom gesicherten Sitzplatz aus der Bewahrung einer großen Liebe in Bodegabay, die durch die Eifersucht einer Königin der Nacht, Missis Brenner nämlich, die - gemäß der bekannten Deutung dieser allzu menschlichen Eigenschaft mit Eifer sucht, was Leiden schafft, danach trachtet, die aufkeimende Romanze womöglich im Keime zu ersticken.

Verstand der Meisterregisseur in seinem Horrorszenario vielleicht nicht den Ausbruch des ornithologischen Furors als Metapher für die Boshaftigkeit einer schwachen Witwe, die fürchtete, noch einmal den starken Mann an ihrer Seite zu verlieren?

Und übrigens apropos John Wayne: sich von seinen Schlachten gegen Tier wie Mensch begeistern zu lassen - wie lange in ferner Zukunft eigentlich noch wird man sich dafür schämen müssen?
Im Hellen.

Rosebud II

Um Haaresbreite wäre es dem Pressezaren William Randolph Hearst gelungen, einen Jahrhundertfilm und die weitere Karriere eines Jahrhundertregisseurs nachhaltig zu beschädigen. Wegen der unverblümten Kritik an einer anscheinend unbegrenzten Einflussnahme eines vordemokratischen Zeitungsmagnaten auf die Politik. Wie wir alle zu wissen glaubten.

Das Leinwanddrama brachte den Meinungskonzern keineswegs ins Schwanken.

Gab es also für Hearsts Hass auf den Grünschnabel von der Ostküste, der die Frauen in Hollywood im Sturm eroberte, einen anderen – tiefergreifenden – Grund?

Das Kunstwerk hatte ein noch in engen Kreisen gehütetes Geheimnis Hearsts in alle Welt hinausposaunt, die romantische Bezeichnung, die der steinreiche uralte Herr seiner jungen nicht sonderlich treuen Geliebten, der Schauspielerin Marion Davis, einst zugehaucht haben muss, nämlich diejenige für ihre Klitoris! Und die raunte nun sein Abbild, John Foster Kane, als letztes Wort, bevor er stirbt, in der Eröffnungsszene und prangte in schwarzen Lettern und einer stilisierten schwarzen Rosenknospe im Finale verbrennend und orakelhaft bleibend auf einer Studiorequisite, einem Schlitten . . . den sich übrigens „Citizen-Kane"-Verehrer Steven Spielberg später auf einer Auktion ersteigerte - im Glauben, es sei ein Unikat. Na, wenn der gewusst hätte! Aber das ist ja eine andere Geschichte.
(Und eine andere wäre, zwei Fragen nachzugehen, und zwar erstens, wieso sich ein Reporter auf die Suche nach der Bedeutung des Sterbenswortes begibt, wenn es doch niemand

gehört haben kann, denn der Multimilliardär verstarb einsam und allein, und zweitens, wie es denn angehen kann, dass dieser Widersinn innerhalb der siebten Kunst einst und womöglich bis heute – fast - niemandem aufgefallen ist.)

Genial, aber viel zu naiv hatte Orson Welles 1941 ein heiliges Gesetz in seinem Land gebrochen: über Geld und – zumindest nicht geschützt genug – über Sex zu reden.

Zwischen Weimar und uns liegt Buchenwald.

Schwerst erkrankt verlangte mir nach einem Buch, das zu lesen ich in Zeiten des Wohlergehens scheute.
Triftige Gründe für die eine wie die andere Gestimmtheit sind mir unerfindlich geblieben.

Im Konzentrationslager Buchenwald, dort, wo es unter zerstörter Humanität allenfalls kleinste Regungen von Mitmenschlichkeit geben konnte, durfte – auf Seiten der Täter ohnehin schwerlich, auf Seiten der Opfer nicht selbstverständlich.
Und doch wird eines Tages ein kleines jüdisches Kind hineingeschmuggelt, um es vor der Vergasung zu bewahren.

Meine Erkrankung hinderte mich daran, mehr als zwei, drei Seiten am Tage zu lesen.
Oder war es doch die Schilderung der Grausamkeiten, die diese Hinderlichkeit verursachte, und nicht die Erkrankung?

Nach einer Woche dieser Art der Lektüre im Trippelschritt ein Wunder.

Mit einer Taschenlampe unterm Bettlaken las ich das Buch – zumeist ungestört von Mitpatienten und Nachtschwestern – zügig bis zum befreienden Ende, für den Leser, mehr aber noch für das Kind und die meisten seiner Retter: der Junge hatte also Auschwitz und zuletzt eben auch Buchenwald überlebt.
Die Ärzte*innen untersuchten mich immer wieder, prüften und verglichen die Befunde.
Sie schüttelten die Köpfe und konnten sich meine überraschende Genesung nicht erklären.

Wie sollten sie denn auch!

Hatte sich mein Leiden durch Nacherleben von und Einfühlung in unermesslich größeres Leid und einer finalen Befreiung davon womöglich wenn nicht auf wundersame, so doch heilvolle aristotelische Weise relativiert?

Preziosen mit Prognosen

Auf einer Insel gibt es das Café „Crêperti Tati", das offenbar bestbesuchte weit und breit.
Am Eingang prangt ein Schild mit der Aufschrift „Elvis" - anscheinend passend zu den Rhythmen von drinnen.
Davor parkt ein blau-rot-rostfarbener Cadillac, fahruntüchtig seit langem, soviel ist sicher.

Dieses ins Auge stechende Empfangsensemble wird weitläufig eingekreist von einer Vielzahl an Oldtimern: Volvos, Mercedes, Peugeots, VW, und last but not least steht da doch ein alter Linienbus.
Hatten wir den nicht zuletzt im Kino gesehen, in Hitchcocks Politthriller „Der zerrissene Vorhang" (Torn curtain), und zwar in der Kulisse einer Fahrt von Leipzig nach Berlin? Unter den Passagieren versuchten ein amerikanischer Physikprofessor und seine Verlobte samt seiner schlau erschlichenen östlichen Geheimformel den Häschern zu entkommen.

Das wohl Einmalige an dieser Installation: die Wagenburg erscheint ausschließlich in Rost bei ansonsten halbwegs erhaltenen Karosserien.

Wo hat man so etwas schon gesehen und gehört?

Der erste Eindruck: Bild und Ton erzeugen verklärte Vergangenheit.
Der zweite Eindruck: Bild und Ton provozieren einen Blick auf Künftiges.

Während der kraftvolle Rock, gespielt und gesungen von dem erst seit einem Jahr von seiner Drogensucht befreiten Neil Young mit „Everybody knows this is nowhere" bereits eine Zeit jenseits der Gegenwart kreiert, sprechen die glaslosen Scheinwerfer des seltsamen Fuhrparks eine andere Sprache.

Dem nachzutrauern oder sich daran zu erfreuen, das mag jeder so tun, wie er mag.

Moonlightexpress

Jede gute Familie ist bestens geordnet. An kleinen eckigen Tischen steht an jeder Seite ein Stuhl.
Selbst Spiele verlaufen nach Regeln. Das weiß man ja.
Eisenbahnen drehen ihre Runden im Kreis oder in Achten.
In Puppenstuben werden beständig blonde, brünette oder schwarze Haare gekämmt.

Manchmal jedoch ist es Kindern erlaubt, Stühle aneinanderzureihen zu einem Zug, der sich bei Tageshelle langsam in Bewegung setzt – nicht allzu weit, immerhin zu neuen Ideen:
Die Decken fehlen!

Verdeckt wird das Gestühl zum Nachtexpress. Aus dem Kaufmannsladen schnell ein wenig Puffreis und paar Zuckerperlen gegriffen für den Speisewagen, ach – und die verstruwelte Puppe beinahe vergessen, und los geht's mit Volldampf durch Wälder voller Wölfe und über Gebirge reich an tiefen Schluchten hinauf zum sanft lächelnden Mond, auf dem uns all die den Anreisenden gewogenen Geister, Feen und Trolle uns freudig erwartend entgegeneilen und nun händereichend rufen: „Wo ward ihr denn so lange, ja, wo ward ihr denn bloß?!!"
Und ein aufgeregtes Erzählen will gar nicht enden, einander mit Freudentränen anschauend – wie immer auf gleicher Augenhöhe.
Auf Augenhöhe? Wie war das denn nur möglich bei all den vielen Riesen und Zwergen in der Runde?!

Zuletzt singen wir zusammen mit Peterchen und Anneliese unser liebstes Trostlied – begleitet von Herrn Sumsemann auf seiner Geige voller Inbrunst, denn er hatte es heute mit hilfreichen Mächten vermocht, sein sechstes Beinchen zurückzuerobern:

„... verschone uns, Gott, mit Strafen, und lass uns ruhig schlafen und unseren kranken Nachbarn auch.“

Und wie sehnsüchtig doch begeben wir uns auf den Heimweg – zu unser geliebten Mutter. Hat sie nicht bereits zum dritten Mal zum Abendbrot gerufen?

Mit Mut und Zuversicht kehren wir zurück in unseren nächsten Lebensabschnitt - in den Vertrauen stärkenden geplanten Alltag.

Statione Termini

Etwas jünger vielleicht als Bruno, der an der Seite seines bislang arbeitslosen Vaters nach dem diesem gestohlen Fahrrad (die Voraussetzung für den Minijob als Plakatkleber) sucht – vergeblich! -, habe ich erstmals erlitten, dass Väter nicht nur streng sein, sondern auch weinen können.

Jahre später noch habe ich wie die Laientheaterenthusiasten und die Müllmänner den beiden bei der Suche helfen wollen ...

Endlich in Rom suche ich nach Bruno, meinem gefühlten Alter Ego.
Doch kein Viertel der Stadt zeigt sich mehr so, wie es einmal war, als Bruno sie durchstreife.
Und dennoch entdecke ich ihn endlich an der Statione Termini.
Er winkt mir bedauernd zu mit einer Handbewegung, wie sie als typisch erscheint für Menschen aus Italien, steigt in den Zug und reist hinfort.

In einem kleinen Kino nicht weit vom römischen Hauptbahnhof durchschauert mich ein arabisches Leinwanddrama über ein Mädchen, das davon träumt, ein Fahrrad zu besitzen.

Meine Gewohnheit, mich nur innerhalb der Grenzen Europas zu bewegen, werde ich wohl bald aufgeben müssen.

Brescella

In der italienischen Region Emilia-Romagna hat Jesus Christus zu einem Menschen gesprochen.
Deswegen hat dieser – gelegentlich auf einem Rennrad unterwegs – für seinen geheiligten Herren gekämpft – manchmal sogar mit der Faust.
Und gekämpft hatte der katholische Geistliche einst gegen den Faschismus, gemeinsam mit einem Kommunisten, der später von den Einwohnern Brescellas zum Bürgermeister gewählt wird.

Im Roman und im Kino ist alles möglich. Zumindest Letzteres hat es auch in der Wirklichkeit gegeben.
Neben der Buchreihe hat bzw. haben wohl kaum ein Film (und seine fünfteilige Fortsetzung) das Italien-Bild der 68er-Bewegung mehr geprägt als die immer wieder zu Lachtränen rührenden Darstellungen der Zwistigkeiten zweier Dickschädel, aber auch ihrer Zeichen der Versöhnlichkeit aus alter und neuer Verbundenheit. Inszeniert wurden sie in dem am Po liegenden Dorf Brescella.

Und das ist das Wunderbare für uns Kinoreisende: das Drama über Brunos vergebliche Fahndung nach dem gestohlenen Rad ist auch die hier gedrehte Serie überwiegend außerhalb vom Studio Cinecità entstanden.
Im Unterschied zu Rom jedoch ist in Brescella fast noch alles am alten Ort.
Die Gassen, die Pappelallee vor dem Deich, der Platz in der Dorfmitte.
Und welche Liebhaber*innen dieses einzigartigen Ambientes trotz Strapazierung aller grauen Zellen gar nicht mehr so sicher ist, mit bzw. von wem, was, wann passiert ist, gesagt, geflüstert oder gebrüllt wurde, der oder dem sei ein Besuch des inzwischen

zentrumsnah errichteten „Museo di Don Camillo e Beppone"
anempfohlen, das immerhin mit allen sechs Teilen der Kultserie
aufwartet.

Wir lauschen indessen unbeirrt dem vertrauten Klang der
Glocken, du betrittst andächtig das altehrwürdige Kirchenhaus,
den angenehmen Duft des Weyrauchs nimmst du wahr - erstmals
natürlich.
Doch dann? Ich traue meinen Ohren nicht.
Spricht da nicht plötzlich aus der Apsis eine sanfte
Männerstimme zu dir?

Warschau

Mitten im Krieg war mein Großvater mit meiner kaum 16 Jahre alten Mutter in der Straßenbahn durchs Warschauer Ghetto gefahren, um sie davon zu überzeugen, dass, wenn sie es denn täte, nicht länger an Hitler glauben dürfe.
Und von diesem Tage an glaubt sie tatsächlich ihrem gütigen Vater mehr als der Anführerin des „Bundes deutscher Mädel" in ihrem Wohnviertel – was gar nicht so wenig Mut erforderte unter den damals herrschenden Verhältnissen.

Dennoch. So oft mir beide von ihrer kurzen Durchfahrt durchs Ghetto erzählten, in der sie eingesperrte jüdische Menschen betrachteten, der Eindruck, den ihr Erschrecken in meiner jugendlichen Vorstellungswelt hinterließ, erwies sich als recht wage, und das Ausmaß des Leides der Gefangenen blieb über viele Jahre allzu abstrakt.

SS-Schergen erstürmen eine Ghettowohnung im 4. oder 5. Stock, in der sie Widerstandskämpfer vermuten.
Sie treffen auf eine gutbürgerliche Familie beim Abendessen. Als der im Rollstuhl sitzende Großvater es wagt, die Soldateska zu fragen, warum man sie beim Essen störe, wirft man ihn in Sekundenschnelle vom Balkon.

Roman Polanski, der als Kind das Ghetto erleiden musste und ihm wie durch ein Wunder entkam, veranschaulichte für mich allein schon mittels dieser einzigen Filmszene das schlimmste Ausmaß solcher Willkürherrschaft. Ich erschauderte an Leib und Seele.
Mein Großvater und meine Mutter – hatten sie denn das Martyrium, das sich hinter dem Bild der zwar gefangenen, aber

doch auch geschäftig erscheinenden Kinder, Frauen und Männer, verbarg, zu erahnen oder zu verspüren vermocht?

Um wie viel stolzer bin ich doch seit diesem Kinotag auf meine Mutter und auf meinen Großvater!

Anderort

1

Die Verfolgung von religiösen Menschen durch andersgläubige Menschen reicht weit zurück in der Historie von uns Erdenbürgern und wird leider auch unsere Zukunft prägen – in welchem Maße, darüber entscheidet das veränderbare Größenverhältnis von Humanisten zu Menschenfeinden: erbarmungslose Verfolgung von Schwarzen durch Weiße, Christen, Juden, Sinti, Roma und andere Ethnien und Glaubensrichtungen auf der einen Seite, deren beherzte Rettung auf der anderen Seite.

Die Macht von Verbrechen gegenüber Barmherzigkeit ist, wie wir ja wissen, nicht abhängig von einem womöglich alternativlos waltenden höheren Schicksal sondern vom Gewissen jedes einzelnen von uns.

Ich will eine kleine utopische Geschichte erzählen aus einer Schreckensepoche, als Millionen jüdischer Mitbürger insbesondere von Deutschland aus nach Auschwitz verbracht wurden, um dort vergast zu werden.
Angesiedelt ist sie in einem waldhessischen Bergdorf namens Anderort zwischen Hersfeld und Fulda gelegen und sieben Kilometer südlich von einer anderen waldhessischen Ortschaft namens Rhina.
In der Zeit der Schilderung dieser Geschichte, nämlich vom 7. bis 9. November 1938, lebten in beiden Dörfern jeweils um die 700 Einwohner, wobei die Mehrheit jeweils dem jüdischen Glauben anhing.

Die Geschichte Rhinas ist im Unterschied zu der Anderorts eine Dystopie und sehr real: alle jüdischen Einwohner*innen wurden gefasst, nur die wenigsten überlebten die Todeskammern. Die Utopie Anderort dagegen besteht, je nachdem, wie wir es sehen wollen, aus faked news oder aus der Schilderung einer möglichen Welt, die anders ist und erst sieben Jahre später an einem realen anderen deutschen Ort geschieht, nämlich im KZ Buchenwald auf dem Ettersberg bei Weimar, wo malträtierte gefangene Männer mit einem gelben Stern und andersfarbigen Winkeln am blauweiß gestreiften KZ-Einheitshemd, Juden also, Kommunisten, Sozialdemokraten, Christen, Homosexuelle, Kriminelle gar der Welt ein wahres Wunder bescherten, nämlich gemeinsam ein kleines jüdisches Kind in ihren Behausungen zu verstecken und somit vor der Reise in den Tod zu bewahren.

Der ostdeutsche Schriftsteller Bruno Apitz hat über das Wunder dieser glaubens- wie anhängerschaftsübergreifenden Mitmenschlichkeit einen ergreifenden Roman geschrieben, „Nackt unter Wölfen", der verfilmt wurde zunächst in der DDR u. a. mit Armin Müller-Stahl fürs Kino und später nach der Wiedervereinigung noch einmal fürs Fernsehen.

2

Es war gegen Mittag, als Pfarrer Thomas Altrock in Anderort einen Anruf von seinem Amtsbruder Jakob Münster aus Kassel erhielt. Der fragte nur, ob es bei ihnen im Dorfladen heute auch weniger Bananen gegeben habe, und erhielt eine verneinende Antwort. Sie legten rasch wieder auf. Beide Männer verstanden sich als Anhänger der von Dietrich Bonhoeffer gegen die opportunistische Mehrheitskirche der Deutschen Christen begründeten antifaschistischen Bekennenden Kirchengemeinschaft. Genau wie die Amtsbrüder, die aus Fulda und Bebra in Anderort anriefen mit ähnlichen Fragen wie diejenige von Pastor Münster, nämlich ob es nach wie vor nötig sei, mit Gesangsbüchern bzw. einer Vervielfältigungsmaschine auszuhelfen.

Am 7. November 1938 lag Brandgeruch in der nord- und osthessischen Luft.

Was aber genau hatten die Telefonate der geistlichen Herren zu bedeuten?

In einer Art Geheimsprache – denn selbstredend wurde die Telefone von der Gestapo abgehört – hatten sich die Kollegen darüber informiert, dass einerseits Zerstörungen jüdischer Geschäfte, initiiert durch SA-Schlägertrupps, begonnen wurden, diese andererseits aber offenbar ohne nennenswerte Gewaltbereitschaft von Seiten der breiten Bevölkerung blieben.

Und am Abend wusste man mit hinreichender Sicherheit, dass es den Nazis mit dieser Art Generalprobe in den drei genannten hessischen Städten nicht gelungen war, den höllischen Funken auf weitere Gebiete überschlagen zu lassen.

Für Pfarrer Altrock, dem trotz aller Vorahnung die Nachrichten mit großem Schrecken in die Knochen gefahren waren, bedeuteten sie, sofort Alarm zu schlagen in dem Teil der Dorfgemeinschaft, der sich eindeutig dafür entschieden hatte, in unterschiedlichen Formen Widerstand zu leisten gegen die rassistische Diktatur – dort also den Notfall auszurufen so heimlich wie nur irgendwie möglich, aber auch so nachdrücklich.

Thomas Altrock wählte die Nummer der örtlichen Polizei. Neben dem Pastorat und der Feuerwehr gab es nur dort noch ein Telefon im Dorf.

Es meldete sich die Gattin des Wachtmeisters, Frau Lohmann, die er bat, ihre Tochter Paula, seine Konfirmandin, zu ihm zu schicken, um mit ihr noch Einzelheiten der Gestaltung des Ende des Monats stattfindenden Totensonntages vorbereiten zu können.

Kaum fünf Minuten später klingelte es an der Tür des betagten Pastorats. Lisbeth, die Frau des Pfarrers, öffnete, bat Paula herein und im Wohnzimmer Platz zu nehmen und bot ihr eine Tasse mit heißem Kakao an.

Als der Pfarrer den Raum betrat, wusste Paula sofort Bescheid.

Seit vielen Wochen wurde im Konfirmandenunterricht ein Plan erarbeitet, um im Fall der Fälle Leib und Leben der jüdischen Mitbewohner*innen, der liebgewonnenen Nachbar*innen, Freund*innen, Vereins- und teilweise sogar Familienmitglieder zu bewahren.

Über viele Wochen also war ein engmaschiges Netzwerk entstanden, das von evangelischen Kindern und Jugendlichen ausgehend die Hilfsbereitschaft in praktischen Rettungsmaßnahmen durch einen maßgeblichen Teil der Dorfbewohner*innen effektiv zu koordinieren vermochte.

Nach Pfarrer Altrock war die 14-jährige Paula Lohmann sozusagen der zweite Eckstein dieser Bewegung. Sie benachrichtigte in aller Eile aber nicht unbesonnen ihre beteiligungswilligen Mitkonfirmand*innen, die wiederum ausschwärmten, um die verschworenen erwachsenen Vertreter*innen der Dorfgemeinschaft zu kontaktieren, damit ein sogenannter Dorfrat einberufen werden konnte.

In der Zusammensetzung dieses Rates spiegelten sich in etwa die altersmäßigen, sozialen, beruflichen und glaubensmäßigen Verhältnisse von Anderdorf: ein christliches 14-jähriges Mädchen also war vertreten wie eine 93 Jahre alte Baronin, Arbeiter*innen, Bäuerinnen und Bauern, Bürger*innen, ein staatlicher Mandatsträger, nämlich Bürgermeister Niemeyer, selbstverständlich Mitglied der NSDAP … wie sollte es auch anders sein. Und auch meine Wenigkeit, das berichtende Dorfschullehrerlein.

Von besonderer Wichtigkeit in der Runde erwies sich die Beteiligung des kommunistischen Druckermeisters Erwin Grosche, der seit der Machtergreifung der Nazis Anfang 1933 gute vielfältige Erfahrungen sammeln konnte mit der Fälschung von Pässen, in der es nicht allein genügte, das „J" verschwinden zu lassen.

Zum Vorsitzenden hatte die Versammlung den 85-jährigen dänischen Kapitän Asmus Rasmussen gewählt, der seine Heimat in den frühen 20er Jahren verlassen hatte, um seiner großen Liebe Rosemarie nach Deutschland zu folgen, einer einst hochrangigen Genossin der KPD, die im Zuge des Reichstagsbrandes 1933 verhaftet worden war und seitdem in den Folterkellern der Gestapo als verschollen galt.

Ihr trauernder Ehemann, ein aufrechter Sozialdemokrat, hatte viel lernen können von seiner mutigen Frau, von den Kader- und Konspirationsprinzipien der KPD, insbesondere im Zusammenhang mit Aktionen in rein politischer wie auch militanter Form, die generell so durchgeführt wurden, dass die Aktivisten gemeinsam handelten, naturgemäß, jedoch niemand eine Genossin und/oder einen Genossen persönlich kennen durfte, um im Falle der Gefangennahme niemanden verraten zu können – was bekanntlich nicht, wie erhofft, vor Folter der Nazischergen schützte.

Der alte Käpten eröffnete die Sitzung mit seinem Credo: „Wer kämpft, kann verlieren. Wer nicht kämpft, hat schon verloren." Dann setzte er fort: „Meiner Meinung nach sind unsere Chancen, hier und heute zu gewinnen, sehr gering. Was wir wissen, ist, dass sie heute Vormittag mit der Generalprobe begonnen haben. Was wir nicht wissen, wann die Stunde der großen Erstaufführung folgt. Heute Abend noch? Morgen früh? Aber genau diese Unwissenheit lässt uns für Momente nur - vielleicht - nicht den Mut verlieren, unseren Rettungsplan schnellstmöglich in die Tat umzusetzen, statt wie das Kaninchen vor der Schlange zu erstarren. Aber wir müssen sofort handeln. Es begebe sich bitte jeder an seinen Platz. Gott sei mit uns."

3

Das von langer Hand vorbereitete Notfallkonzept sah im wesentlichen drei Ebenen der Errettung vor:
- das direkte Verstecken von Menschen hier im Dorf an vielen geheimen Örtlichkeiten insbesondere im Bereich der Bauernhöfe, die zunächst mit Vorräten für zwei bis drei Wochen ausgestattet waren
- das indirekte Verstecken vor allen von Kindern und Jugendlichen in nichtjüdischen Familien. Ihnen wurden nicht nur der Judenstern abgenommen, sie erhielten auch neue Ausweise, soweit das vom Alter her nötig war. Dies war eine sehr kurzfristige Maßnahme, bis geeignete Reisewege gefunden wurden, denn es war selbstverständlich damit zu rechnen, dass kein Einwohnermeldeamt den Blick in seine Karteien verweigern würde.
- die Flucht ins Ausland von möglichst vielen umliegenden Bahnhöfen aus. Die Exilanten waren versorgt worden mit unauffälligem Gepäck, Fahrkarten für Bus, Bahn und Schiff, neuen Papieren und das wichtigste vielleicht – mit Adressen von Gastgebern in Skandinavien, Großbritannien, Frankreich und Übersee.

Das zivile wie zivilcouragierte Kommando „Schutzengel" lief weitgehend reibungslos ab, weitaus besser zumindest, als Kapitän Rasmussen zu hoffen gewagt hatte. Besonders erfreut hatte ihn

31

das vorbildliche Engagement von nichtjüdischen und jüdischen Freundeskreisen unter den Jugendlichen. Andererseits tat sich gerade hier eine höchst enttäuschende Neigung zum Verrat der Aktion auf.

Zunächst möchte ich von der gelungenen „Verbringung" der Tante Mie berichten, der Besitzerin des Dorfladens. Wie konnte wohl der allseits sehr beliebten jüdischen Kauffrau geholfen werden, damit sie nicht an Leib und Seele Schaden nehmen würde, und die Dorfbevölkerung womöglich Hunger erleiden müsste?

Fast um die Uhr herum versorgte sie ihre seit Jahrzehnten gewachsene treue Kundschaft stets mit dem Nötigsten an Lebensmittel vor allem. Wenn etwas fehlte in ihren Regalen, dann notierte sie sich das mit einem dicken Bleistift auf einer Liste. Mit der und einer großen hellbraunen ledernen Einkaufstasche begab sie sich in den einmal pro Woche, nämlich freitags, fahrenden Bus sommers wie winters ins 23 Kilometer entfernte Hersfeld, um die Kundenwünsche zu erfüllen.

So kam es in der schneereichen Adventszeit schon mal vor, dass Tante Mie manchen Freitag Abend nicht nur mit ihrer Einkaufstasche sondern mit weiterem Gepäck überhängt und vollgeschneit vor ihre Ladentür trat und dem einen Mädchen oder anderem Jungen wie die leibhaftige segenbringende Weihnachtsfrau erschienen sein mochte.

Seit vielen Jahren hatte sie es sich zur Angewohnheit gemacht, ihre Kunde*innen allen Alters zur Selbständigkeit zu ermuntern – Kinder und Jugendliche vorzugsweise. Es gab zuletzt kaum Käufer*innen, deren Warenwünsche nicht mit Tante Mies Aufforderung beschieden worden waren: „Nimm selbst!"

Und diese Schrulle erwies sich als besonders nützlich – jetzt, in der Situation, in der Tante Mie versteckt werden musste, und sie wahrhaftig vertreten werden konnte durch Jugendliche vor allem, die die Lücke, die ein so herzensguter Mensch wie Tante Mie hinterließ, zwar nicht zu ersetzen vermochten, die aber voller Selbstvertrauen an ihre Stelle traten und dieser alle Ehre erwiesen.

„Edel sei der Mensch, hilfreich und gut." Wer weiß denn nicht, dass Goethes Imperativ, sein himmlischer Vorsatz, bis heute beständig angefeindet wurde und weiterhin wird. So auch in unserer kleinen Geschichte über das Ausnahmemusterdorf - gleichwohl mit Ausnahmen von der Regel.

In welchem Spiel gibt es denn nicht einen Schwarzen Peter? In welchen Legenden gibt es nicht einen Verräter Judas Ischariot und/oder einen Verleugner Petrus?

Bevor der Hahn gekräht hatte, zogen sie los mit ihren Rädern, Otto, Aron und Hans-Peter, nach Hersfeld, und zwar mit der festen Absicht, das Fluchtprojekt „Schutzengel" an die Henker zu verraten, weil sie sich von ein paar Silberlingen hatten verlocken lassen.

Die drei Jungen waren enge Freunde. Aber war denn Aron nicht ein Jude? Sehr wohl – was der Freundschaft indes keinen Abbruch leistete. Was durchaus schwer zu verstehen ist, dass Aron der Freundschaft zu zwei Nichtjuden einen wesentlich höheren Stellenwert einräumte als der Sicherung seines Lebens. Vielleicht, um nicht ewig der Außenseiter zu bleiben?

Aron hatte mit seinen Freunden bis Ostern 1936 das 5. Schuljahr des Hersfelder Gymnasiums für Jungen besucht, das er nun im Zuge der Nürnberger Rassengesetze verlassen musste. Auch aus der Mitgliedschaft im Deutschen Jungvolk der Hitler Jugend, den Pimpfen, war er – selbstredend? - ausgeschlossen.

Es war der Oberscharführer eben dieser Hitlerjugend Kurt Wolf, der seit Monaten seinen Jungstamm zur Wachsamkeit ermahnte in Stadt und Land, wo immer jeder einzelne von ihm auch wohnte, sich umzusehen und umzuhorchen, ob es irgendwelche

33

Versuche der bolschewistischen Juden, dieser schmarotzenden Ratten, wie er sich stets auszudrücken pflegte, sich davonzuschleichen wie die Strauchdiebe, um ihrer gerechten Strafe zu entkommen. Für jede einzelne Aufdeckung solcher heimtückischen Vorhaben würden aufmerksame Detektive in unseren Reihen mit 100 Reichsmark und einer Tapferkeitsmedaille belohnt.

Und die angefeuerten Freunde Otto und Hans-Peter versprachen ihrem guten getreuen Kameraden Aron feierlich, sich im Falle des erwartbaren Erfolgs die Geldbelohnung zu teilen.

Als die Drei Unterhaun erreichten, den südlichen Vorort von Hersfeld, schlugen ihnen ätzende Rauchschwaden entgegen. In der Stadt angekommen trauten sie ihren Sinnen nicht: Flammen loderten aus allen Himmelrichtungen, lautes Gebrüll von teils in Kolonnen marschierenden, teils wild umherlaufenden SA-Leuten, die Fensterscheiben einschlugen und Sprüche wie „Kauft nicht beim Saujuden!" mit weißer Farbe an Hauswände neben offenbar jüdischen Geschäften schmierten.

Ihre Schule fanden die Jungen geschlossen vor. Der Pausenhof war übersät mit verletzten Menschen in Zivil wie in Uniform – unter ihnen der blutüberströmte Oberscharführer Wolf.

Ihm die Aktion „Schutzengel" verraten?

Mit Abscheu wandten sie sich von ihm ab.

Sie schämten sich vermutlich in einem ähnlichen Maße dafür, sich in Versuchung geführt haben zu lassen. Otto und Hans-Peter in der Hoffnung, ihr Taschengeld deutlich aufbessern zu können. Und der Aron wegen vermeintlicher oder tatsächlicher Blutsbrüderschaft oder einfach blinder Gefolgschaft.

4

Wie getretene Hunde kehrten sie in Richtung Anderort zurück, zitternd vor Angst, sie würden zu Hause ein ähnliches Bild der Zerstörung im Kleinen vorfinden wie in der Stadt. Dort angekommen staunten sie nicht schlecht darüber, das ihr Dorf verschont geblieben war.

Hatte es denn selbst einen Schutzengel gehabt?

Sie suchten sofort Ottos und Hans-Peters Konfirmationspfarrer auf, um ihm vom Inferno in Hersfeld zu berichten und ihre schändlichen Gedanken und Begehrlichkeiten tränenreich zu beichten.

Der Seelsorger hielt jedem von den drei Freunden für einen Augenblick die Hand auf den Kopf und sprach: „Im rechten Moment ist aus dir, einem Saulus, ein Paulus geworden. Es sei dir verziehen."

Dann berichtete er ihnen, dass er bereits gehört hätte, die Nazis wären auch mit ihrem zweiten Versuch, diesmal in einer einzigen Stadt, gescheitert, den Flächenbrand einer reichsweiten Pogromstimmung zu entfachen. „Gott sei's geklagt. Wir wissen nicht, wie es weitergeht."

Was denn aus der Aktion „Schutzengel" geworden sei, wollten die Jungen von Herrn Altrock wissen.

Dieser verweigerte ihnen die Antwort auf ihre Frage mit der Begründung, das dürfe er ihnen gar nicht sagen. „Alle aktiv und passiv Beteiligten seien zu strengstem Stillschweigen verpflichtet. Aus Sicherheitsgründen. Ihr seht ja, was ihr beinahe angerichtet hättet. Aber eines kann ich euch sagen. Von einer Konfirmandin, den Namen darf ich euch natürlich nicht nennen, war etwas von eurem gemeinen Vorhaben zu Ohren gekommen, fragt mich nicht wie. Der mögliche Verrat wurde seinerseits zum Glück verraten, und die Alarmsignale standen auf Rot. Gott sei's gedankt!

So, Kinners, wir müssen eilen. Wir haben schnellsten eine Lösung für die Sicherheit Arons zu finden.

Ich kann euch nur raten, sofort Kapitän Rasmussen aufzusuchen. Vielleicht vermag er noch Hilfe zu leisten. Lieber heiliger Gott, beschütze uns. Amen!"

5

Tatsächlich wusste der alte Ozeanüberquerer Rat und vermochte noch, wenn auch spät, den für Aron eigentlich längst vorgesehenen Platz im „Seenotrettungsboot" zuzuweisen. Womöglich durch Gottes Beistand. Denn warum bewegte sich heute am 8. November die Hasswelle von Hersfeld nicht weiter ins umliegende Land bis hinein in die kleinsten Dörfer? Wir wissen es mal wieder nicht.

Zeit war also gewonnen, und die reichsweite Katastrophe wütete erst oder aber dennoch am folgenden Tag, am 9. November, der Reichspogromnacht – oder im Volksmund verharmlosend Reichskristallnacht genannt.

Wir wissen, welche unglaublichen Schrecken und nachfolgende Leiden sie verursachte als unmittelbarer Vorläufer des Holocausts nicht nur aber auch im kleinen Dorf Rhina. Wer kann das Ausmaß dieses Unheils wohl jemals fassen?!

Berichtete ich anfangs nicht, dass sich das utopische Wunder von Anderort in der realen Ansiedlung Buchenwald wiederholte? Gewiss …

Zu ergänzen ist in diesem Zusammenhang nämlich die Kunde, dass sich solch unglaubliches Geschehnis der Verschwesterung und Verbrüderung von weit größerem Ausmaß als an zwei kleinen Orten in Deutschland ereigneten, nämlich in einem ganzen Land, einer kleinen Nation im Norden Europas, in Dänemark.

Bevor die deutsche Wehrmacht samt SA, Waffen-SS, SS und Gestapo im Gepäck unser nördlichstes Nachbarland am 9. April 1940 im Schnellschritt eroberte und besetzte, hatte sich längst der greise weise Kapitän Rasmussen mit seiner Tochter Kirsten und Enkelin Bente in die alte Heimat aufgemacht, um von seiner Geburtsstadt Slagelse auf Seeland aus die Verschiffung der dänischen jüdischen und ziganen Bevölkerung mitzuorganisieren. Auch und gerade dank seiner aus praktischen Erfahrungen erwachsenen Taktiken und Strategien konnte der Großteil der vom Tode bedrohten Menschen ins sichere neutrale Schweden verbracht werden.

Dass der getaufte Christ Rasmussen selbst abstammte aus einer Sippe der verfolgten Roma – wie somit seine Tochter und Enkelin -, hatte nie jemand außer seiner lieben Ehefrau erfahren, weder jemand sonst in Anderort noch in Dänemark – ausgenommen natürlich seine Vorfahren.
Er starb in den frühen 50er Jahren einen friedlichen Tod in den Armen abwechselnd mal von Kirsten, mal von Bente – mit sich und den Seinen im Reinen.
Wie hatte er doch seine Verdienste um das Menschenheil anlässlich seines 90sten Geburtstages genannt? „Och, Kinners, alles doch bloß Taktik!"

Ist ein solches Märchen nicht wert, auch zweimal gelesen zu werden, würde wiederum d e r deutsche Anekdotenerzähler Johan Peter Hebel gefragt haben.
Damals in Zeiten, als viele Menschen noch gelesen und ans Wünschen geglaubt hatten.

Reisen ins Verlassenwerden und Verlassen. Und ins Vergessen?

Im Alter von 15 bis 16 Monaten etwa glaubte ich schmerzhaft, von Mutter und Vater verlassen worden zu sein.
Mit angebrochenem Schädel wurde ich von einer Spielplatzschaukel eiligst in eine Kinderklinik verbracht, wo man damals tatsächlich noch mit höchster Sicherheit meinte, dass der Heilungsprozess verkürzt und beschleunigt werde, wenn man Mütter und Väter von uns fernhielt.

Als ich im Alter von 15 Jahren von einer Klassenfahrt heimkehrte, fand ich – trotz Absprache - meine Mutter nicht vor.
Vater war letztes Jahr verstorben.
Nach langem Klingeln saß ich viele Stunden traurig und vereinsamt vor der Haustür.
Es musste ihr etwas zugestoßen sein!
Als mein Bangen ins Unermessliche zu steigen schien, hatte ich eine zündende Idee.
Meine Tante und mein Onkel wohnten ja auch in der Stadt, in die wir vor kurzem hingezogen waren.

Mit beklommenem Herzen und feuchten Augen stand ich vor der Tür.
Schon nach dem ersten Läuten öffneten sie alsbald und schauten mir voller Betroffenheit in mein nach Hilfe rufendes Gesicht.
„Aber Junge, was ist denn bloß passiert?"
Sie zogen mich zu sich hinein, wollten mich sogleich mit allerlei Köstlichkeiten in Speis und Trank sehr liebevoll beruhigen.
Aufgebracht wie ich war, wollte ich zunächst erzählen, was ich soeben erlebt hatte.

Immer wieder warfen sie kopfschüttelnd und schallend die Hände zusammen aus Kummer und tiefstempfundenem Mitgefühl, aber auch aus Verzweiflung darüber, dass sie mir nicht recht zu helfen wussten.

Schließlich versuchte mein lieber Patenonkel, mich zu trösten, vielleicht sogar ein wenig aufzumuntern, indem er murmelnd flüsterte: „Ja, du mein armer und noch so junger Neffe, manchmal ist das Leben wie eine Hühnerleiter. Einfach nur beschissen!"

Doch weder ihm noch mir gelang es, dem ach so leidenden Jungen ein wenn auch noch so kleines Lächeln abzuringen.

Wo meine Mutter sich derweil aufgehalten hatte – und wieso, weshalb, warum, habe ich sie seltsamerweise zu ihren Lebzeiten nie befragt.

Wieso, weshalb warum sie ihr Geheimnis ungelüftet mit hineinnahm in ihr kühles Grab, das habe ich vergessen.

Wenn einer eine Reise tut, dann hat er was zu erzählen

Rosanna und Robert hatten es sich nach Feierabend auf der Terrasse bei einem Glas Rotwein gemütlich gemacht. Rosanna leitete eine große Tourismusfirma, und Robert arbeitete als Realschullehrer. Nächste Woche begannen die Sommerferien, und beide freuten sich seit Tagen darauf, mal wieder auf einer ihrer Lieblingsinseln Urlaub zu machen: Gotland, Bornholm oder Elba.

Beide bekannten sich dazu, eingefleischte Zentraleuropäer zu sein. Mit anderen Worten: sie hatten ihren Kontinent noch nie verlassen – weniger aus politischen Gründen, vielmehr wegen der klimatischen Bedingungen – aber a u c h aus politischen.

Rosanna und Robert waren von der 68er-Bewegung sozialisiert worden. Beide fühlten sich keiner extremen Seite nah, sondern neigten zu gemäßigten Positionen, denen sie noch heute mit gutem Gewissen anhingen.

Heute morgen hatte es in Rosannas Büro eine große Überraschung gegeben: Die Sektkorken knallten, und der Hauptpreis des diesjährigen Großpreisausschreibens der Firma ging ausgerechnet an die Leiterin der Filiale - der Gewinn - nicht mehr aber auch nicht weniger als eine komplette Weltreise all inclusive!!

Freude wollte in Rosanna nicht so recht aufkommen. Drohte der große Glückswurf womöglich überwiegend aus politischen Gründen zur halben Niete zu mutieren?

Sie saß etwas zerknirscht in ihrem Sessel, während sich der hocherfreute Robert alle Mühe gab, seine Frau aufzuheitern und vor touristischen Kompromissvorschlägen nur so zu sprühen.

Die beiden gerieten in eine unvermeidliche kontroverse Unterhaltung, keineswegs gab es richtigen Streit, denn dafür hatten sich die beiden viel zu gern, die bereits als junge studentische Rucksacktouristen hochverliebt durch Skandinavien getrampt waren. Wir hören mal rein in den Meinungsaustausch.

Robert: „Schatz, kannst du dir vorstellen, dass wir uns zumindest teilweise mal auf die rein touristischen Highlights in dem einen oder anderen Land konzentrieren? Ich hätte große Lust, mit dir auf einer Harley-Davidson über die Route 66 zu touren oder voller Ehrfurcht vor der Oktoberrevolution das Winterpalais in St. Petersburg zu besichtigen."

Rosanna: „Nach Russland und in die USA zieht mich so gar nichts hin, nein.
Wie gerne wäre ich dereinst in die Tschechoslowakei gereist oder nach Chile, um hautnah zu erleben, wie Allendes Revolution oder der Prager Frühling große Menschheitshoffnungen gegenüber gelebter Realität habe gedeihen lassen, den Glauben fest verankert in Menschlichkeit in einer Freiheit, welche auch die Unverletzlichkeit der Andersdenkenden garantiert!
Unter russischen und US-amerikanischen Panzern wurden solche Träumer über Nacht zermalmt – samt deren Angehörige – sowie sie nicht in zappendusteren Verliesen oder flutlichthellen Stadien zu Tode gefoltert wurden.
Denn der sogenannte real existierende Sozialismus und der kapitalistische Wirtschaftsliberalismus hatten gefälligst alternativlos zu bleiben! Aber das weißt du ja alles."

Robert: „Dem habe ich auch herzlich wenig entgegenzusetzen. Du hast wohl wie meistens Recht. Meinen Schülerinnen und Schülern würde ich vermutlich die Geschichte in deinem Sinne folgendermaßen weitererzählen: Nach Ende des Ost-West-Konflikts schien der sogenannte Kommunismus – weil augenscheinlich fest verbunden mit Gulags, Mauer und Schießbefehl für alle Zeiten diskreditiert.

Im Unterschied zum Kapitalismus, der nur bedingt mit Schreckensherrschaften wie dem Faschismus in Deutschland, Italien und Japan, in Portugal und Spanien bis in die 80er Jahre und erneut in der Türkei und Griechenland in Verbindung gebracht wurde, konnte er doch bis in die Gegenwart als reformierbar, zumindest als bereit, von vermeintlich oder tatsächlich erschrockenen Politikern sich zügeln zu lassen."

Rosanna: „Ich weiß nicht so genau, Robert. Zeigt sich heute nicht doch eher das Gegenteil?
Politiker werden gegängelt von freiagierenden Finanzmärkten zum Preis einer nie dagewesenen Umverteilung der Einkommen von unten nach oben. Der soziale Friede scheint weltweit gefährdet, ohne dass Spielarten von Sozialismus oder Kommunismus einen Ausweg böten – nirgendwo in der Welt in praktikabler Form.
Und Kuba, China, geschweige denn Nordkorea bestätigen die Gewissheit, dass es auch im Brennkessel der Welt, im Nahostkonflikt, bis auf weiteres keinen Ausweg geben wird – mit aller Gewissheit."

Robert: „Du bringst mich als alten Pauker auf eine blendende Idee. Vielleicht wäre heute, wo Kinder und Jugendliche die Schule schwänzen, um Freitags auf die Straße zu gehen, die Lösung aus dem Dilemma so schwierig nicht: Ein hochdotierter Preis müsste ausgelobt werden für die Gewinner des Wettbewerbes ‚Jugend forscht'!
Erforscht werden müssten in Deutschland und/oder auch in anderen Ländern für ein Jahr ausnahmsweise nicht der Bereich der Natur-, sondern der der Sozialwissenschaften – konkret mit der Aufgabe, Gesellschaftsmodelle zu entdecken oder zu erdenken, die den Frieden der Menschen untereinander aufrechtzuerhalten im Stande sind und die Wohl und Gedeih aller

Erdenbürger samt der Natur nachhaltig zu fördern und zu sichern helfen und sich in gründlichst-strengen Praxistests zu bewähren versprechen.

Einzige Voraussetzungen solcher Modellversuche: das offensichtlich Üble von Kommunismus und Kapitalismus müssen ohne wenn und aber ausgeschlossen bleiben: Die Verringerung jeglicher Freiheit der Menschen durch den Willkürstaat sowie die hemmungslose Ausbeutung der Menschen zwecks Maximierung der Gewinne um jeden Preis durch die Finanzmärkte insbesondere also.

Das Gute jedoch beider Ideologien im Ansatz, nämlich das Anreizprinzip einerseits, das Ausgleichs- bzw. das gerechte Umverteilungsprinzip andererseits dürfte zur Prämisse des Unternehmens werden."

Rosanna: „Mensch Klasse, dein Anreizsystem, mein Liebling! Komm, gieß mir noch ein Glas ein.

Die Gold-, Silber- und Bronzemedaillen gehen - vermutlich – an Jugendliche in Griechenland, Portugal oder Spanien und die USA. Da dort eine besonders hohe Arbeitslosigkeit unter Jugendlichen zu beklagen ist – natürlich!

So ist nämlich dort die Motivation zu forschen wahrscheinlich am höchsten."

Robert: „Der Gewinn der Preise würde die Siegerinnen und Sieger persönlich belohnen, aber auch als Angehörige einer Generation der Hoffnung: der Erhalt der Berufs- bzw. der Erwerbsfähigkeit werden sich für sie als plausible Auswege aus Weltkrisen erweisen - und die von Tausenden anderer Mitstreiter ebenfalls. Und jetzt gieß du mir noch ein Glas ein."

Inzwischen hatten die beiden eine zweite Flasche Wein angebrochen und angefangen, sich g e m e i s a m auf die

Weltreise zu freuen. Gotland, Bornholm und Elba wurden in den Bereich der angenehmen Erinnerungen verschoben.

Beim Inselhopping sollte es gleichwohl bleiben. Das Schachbrett wurde hervorgezogen, und wer siegte, durfte eine Insel benennen oder zumindest vorschlagen: Sansibar – wunderbar! Sri Lanka, na klar! Borneo, jo, jo!

Zuletzt gewinnt Robert noch einmal: „Kuba!". Rosanna: „Einspruch, Euer Ehren!"

Und dann fielen beiden recht bald die Augen zu.

Wer bin ich?

Und wenn nein, warum nur der Gekreuzigten so viele?
Ich, das ist relativ.
Ich, das ist multiple.

Einer der vielen Götter sein zu müssen, fürchtete ich oftmals als junger Mann, der womöglich grausamste überhaupt, der des Alten Testaments, der das eine Volk empfangen und gesegnet hatte, um dieses eine gnädig auserwählte Volk andere in Ungnade gefallene Völker kollektiv ausrotten lassen zu dürfen, und zwar bis ins letzte Glied.

Seine Nachfahren darin, tierischer als die Tiere zu sein, unter ihnen Hitler, Stalin, Mao. Pol Pott (ach, wer zählt all die Verbrecher bis heute!?) - war diese unsagbare Mit-Stumpf-und Stiel-Ausrottungsgründlichkeit auch nie ganz gelungen – humaner Mensch sei Dank ;-)!

Ich bin nicht Stiller, die berühmten Romanfigur Max Frischs, die sich kein Bildnis von sich und anderen Menschen machen soll. Ganz im Gegenteil: mich und mein Persönlichkeitsprofil so weit wie möglich eigenständig zu erkennen - wenn auch noch dunkel wie in einem Spiegel - ist mir seit langem Lebenselixier.
Endlich Heilung zu bringen in mein unheiliges Gemetzel und das der Welt – sind es vielleicht Jesus und seine viele Frauen, die dies mit ihrem Glauben und Handeln schaffen?
Die eine oder andere wird er geehlicht haben, seine getreuen Apostolinnen, die ihren Messias unermüdlich darum gebeten haben, ihrer Lebensbahn voranzugehen. Unter ihnen seine geliebte Mutter Maria natürlich und deren Schwester Maria Magdalena. Sie alle waren es nämlich, die ihn Empathie lehrten, denn wir Männer haben nun einmal keine oder kaum emotionale

Intelligenz von Geburt an; wir müssen sie von den Frauen in unserem Leben erst beigebracht bekommen.

Jesus hatte von ihnen also erfahren, was tiefes Mitleiden und Barmherzigkeit bedeuten.

Wurde er womöglich wegen seines offensichtlichen Höchstmaßes an Einfühlungsvermögen als männlicher Außenseiter, als weibische Memme, als zu nichts Nutze Karikatur eines wehrhaften Mannes ans Kreuz geschlagen?

„Mein Gott, mein Gott, warum hast du mich verlassen?"

Warum sollte sein vermeintlicher Vater es anders sehen als das Männerstrafgericht im lupenreinen Patriarchat des heiligen römischen Reiches?

Wer bin ich?

Allzu viel weiß ich bis heute immer noch nicht über mich.

Doch eines ist mir gewiss: Ich bin ein Mensch, der sich entscheiden darf zwischen Jesus Menschensohn und einer Welt, in der Väter glaubten, mit ihren Kindern nicht reden zu müssen.

The long, long way home ...

1

In Schleswig-Holstein gibt es den Ort England gleich zwei Mal. New York immerhin einmal in Deutschland, und zwar in Osthessen.

Und dort wuchs Phil auf, der eigentlich Hans-Peter hieß.

Das kleine und das große New York haben neben der Namensgebung eine seltene Gemeinsamkeit: die Straßen werden nicht nach mehr oder weniger bekannten, manchmal längst in Ungnade gefallenen Männern wie Carl (Hänge-)Peters benannt, nach Pflanzen oder anderen Ortschaften, sondern schlicht und einfach nach Zahlen.

Phil wohnte mit seinen Eltern und seinem drei Jahre älteren Bruder Rüdiger, besser bekannt als Jerry, in der Straße Nr. 131.

Jerry war ein begeisterter Konsument von Heftchenliteratur, die es nicht in Buchhandlungen sondern nur am Kiosk zu kaufen gab: heiße Abenteuer aus dem wilden Westen mit ständigen Bedrohungen der braven Siedler durch kriegerische Indianerstämme, Landserhefte, die in immer ziemlich gleichen Geschichten unsere Wehrmachtssoldaten im Nachhinein als die im Grunde guten Kämpfer zur Verteidigung ihrer Heimat heroisierten – und am liebsten von allen las er die im ostamerikanischen New York spielenden Jerry-Cotton-Kriminalromane.

Phil war vielleicht sieben oder acht Jahre alt, als Jerry damit begann, seinem kleinen Bruder Abend für Abend von seiner stets brandneuen Jerry-Cotton-Lektüre zu berichten. Jerry wusste so spannend von den Einsätzen der beiden Freunde, Jerry Cotton eben und Phil Decker, gegen das Böse zu berichten, dass der kleine Junge jedes mal heiße Ohren bekam.

Das, was sich vor seinem inneren Auge abzeichnete, das waren zwei Filmebenen: auf der einen die konkreten Einsätze der beiden FBI-Agenten gegen das organisierte Verbrechen, Drogen- und Waffenschmuggel, Bandenkämpfe, Einbruchdiebstähle, Geiselnahme, Vergewaltigungen u. v. a.

Die zweite Ebene wurde Phil bald zur zweiten Heimat: Die Geografie der Weltstadt und ihre Infrastruktur mit ihren auch aus dem Fernsehen bekannten Vierteln wie Eastside, Westside. Manhattan, New York City, die Bronx, Brooklyn, Harlem, das Ghetto der Schwarzen usw.

Bald hatte er die Struktur der Stadt fest im Bild mit all den Straßen, die er nach jeder allabendlicher Erzählung immer besser den Stadtteilen zuzuordnen wusste. Im Osten seines Dorfes gab es eine kleine Sintisiedlung – was lag da näher, als sie mit Harlem zu benennen.

2

Nach zwei, drei Jahren war plötzlich Schluss mit New-York-Geschichten-Erzählen vor dem Einschlafen. Jerry hatte das Genre gewechselt, nachdem er zur Konfirmation drei Karl-May-Bände geschenkt bekommen hatte.

Phil erbte Jerrys ansehnlichen Jerry-Cotton-Stapel, machte aus der Not eine Tugend und begann damit, Heft für Heft noch einmal selbst zu lesen, was wie nebenbei dazu führte, dass sich seine Schulnote im Schreiben und Lesen deutlich verbesserte.

Später besuchte Phil die Realschule. Die Jerry-Cotten-Hefte gehörten längst nicht mehr zu seiner Standartlektüre. Er hatte die Welt von Jerry Cotton und Phil Decker schlicht und einfach verinnerlicht. Mit einem weiteren Vorteil im Hinblick auf seine schulischen Leistungen. Englisch war längst zu seinem Lieblingsfach geworden, und im 6. Schuljahr begann er damit, ganze Passagen aus der Krimireihe ins Englische zu übertragen – von uppercut zu uppercut sozusagen.

Ab dem 9. Schuljahr beteiligte er sich an einer Englisch-AG, in der amerikanische Dramen behandelt wurden: Thornton Wilders „Our town", Eugene O'Neils „A Long voyage throug the night", Tennessee Williams „A Streetcar named desire" und – sein absolutes Lieblingsstück: Arthur Millers „Death of a Salesman". Alles Stücke im übrigen, die ihre Erstaufführung am Broadway erlebt hatten. Dieses Theater mit seinen Programmen begeisterte ihn so sehr, dass er sich sein erstes Buch in Englisch kaufte: „The history of Broadway".

Besonders spannend darin fand er die Darstellung der 30er und 40er, als der junge Bühnen- und Hörfunkregisseur Orson Welles, das spätere Filmgenie, dort nach der Weltwirtschaftskrise seine höchst gesellschaftskritischen Stücke inszeniert hatte.

Nach Abschluss mit der Note „sehr gut" absolvierte er eine Lehre als Bankkaufmann in einer näheren Stadt. Auch hier war das Abschlusszeugnis derart ausgezeichnet, das seine Chefs gerne seinem Wunsch nachkamen, ihm allerbeste Referenzen auszustellen für eine Bewerbung an einer Bank oder Börse in den USA oder vorzugsweise in New York.

3

Phil hatte schnell Karriere als Börsenmakler in einem renommierten Brokerhaus gemacht.

Der Job war einfach, aber höchst aufreibend. Er hatte aus einem Dollar in Windeseile zwei oder drei zu zaubern, ohne dass diese zwei oder drei Doller irgendwie durch reale Arbeit gegenfinanziert werden mussten, d. h., sie hatten sich auf dem Parkett summiert durch reine Spekulation.

Nach einem Zehn-Stunden-Tag und dem regelmäßigen Konsum zweier Kannen Kaffee fiel Phil in seiner mondän ausgestatteten Suite in der Nähe des wiederaufgebauten Tradecenters wie ein Klotz ins Bett.

Die Wohnung hatte Stil, war aber äußerst karg eingerichtet: ein Schallplattenapparat von Bang & Oluffson gehörte dazu wie ein Blu-ray-Player von Sony und zwei Buchstützen aus edlem Marmor. Dem entsprach ein Minimum an Software: auf dem Plattenspieler lag seit Jahren verstaubt sein Lieblingsmusical, Leonard Bernsteins „Westside Story", im DVD-Player steckte Woody Allens „Manhattan", und vom schweren Gestein leidlich eingeklemmt wurde Paul Austers New-York-Trilogie samt Grafic-Novel-Fassung.

Die Musik hatte er sich einmal vor Jahrzehnten zu Gehör gebracht in perfekten High-Fidelity-Klang. Woody Allens Kultfilm hatte er bis zur Hälfte anzuschauen geschafft, bevor ihm die Augen zufielen. Und von der „New-York-Trilogie" hatte er nicht eine Zeile zu lesen vermocht.

Nicht dass das Anhören, Ansehen, Lesen der einzigen Software in seinem Hause nicht zu seiner täglichen Agenda gehörte, seit Jahren, seit Jahrzehnten, indes: sein Beruf verhinderte stets die Umsetzung des lang gehegten Vorhabens. Tatsächlich? Tatsächlich oder vorgeblich?

Über kaum ein literarisches Werk hatte Phil so viel gelesen wie über Austers Meistertrilogie - „seine" Stadt betreffend. Seitdem beschlich ihn das Gefühl, dass die Lektüre ihn aus der beruflichen Bahn hätte werfen können angesichts der behaupteten oder der tatsächlich zu erwartenden einfühlsamen Entfaltung alternativer Lebensentwürfe.

Was hätte er denn machen sollen? Einfach kündigen und stattdessen ein Antiquariat erwerben in New Yorks Bücherquartier?

4

Nach 40 Jahren wurde Phil pensioniert. Da war er ergraut und 70 Jahre alt.

Die ersten Tage und Nächte in der Freiheit verbrachte er im Tiefschlaf. Wenn er plötzlich hellwach im Bett saß und Herzklopfen bekam, half er seinen noch unbekannten Wehwehchen mit einer Flasche Tullamore Whiskey ab.

Nach Wochen verließ er die Wohnung, um erstmals im Leben „seine" 81. Straße auf- und abzuschschreiten. Es war Winter, und es hatte geschneit. Im Abstand von 30 bis 50 Metern hatten sich Obdachlose vor den Hauswänden unter Plastikplanen platziert – zumeist Männer.

Er passierte einen Lebensmittelladen, vor dem ein Menge offensichtlich unverkäuflicher Ware aufgehäuft wurde. Eine Gruppe von etwa einem Dutzend junger Leute, die Joggingjacken trugen mit der Aufschrift „Food for everybody", begann damit, Salatköpfe, Bananen, Hähnchenkeulen, Garnelen u. a. in ihren großen Sporttaschen zu verstauen. Polizeifahrzeuge mit Blaulicht und Sirenengeheul näherten sich rasch den Aktivisten. Männer wie Frauen wurden im Polizeigriff in die Einsatzfahrzeuge verfrachtet - wie Schwerstverbrecher.

Verwundert schaute sich Phil die eine oder andere Packung vom Abfall an, um das Verfallsdatum zu überprüfen. Nicht einmal stieß er auf abgelaufene Ware. Und hieß der Zugriff der Ordnungshüter etwa, dass womöglich die Händler a l l e i n i g e Besitzer ihrer Ware blieben von der Theke bis zur Müllhalde?

Was nur was hätten Jerry Cotton und Phil Decker dazu gesagt?

Das neue Zeitalter ohne Arbeit, von früh bis spät eingepfercht in einen goldenen Käfig, in dem es nicht einmal einen singenden Kanarienvogel gab, ödete ihn, ja kotze ihn zu zuletzt nur noch an.

Abends verfolgte er auf seinem Laptop eher gedankenlos die Nachrichten. Nur eine einzige weckte ihn aus seinem Dauerhalbschlaf: „In England ist heute ein neues Ministerium eingerichtet worden, und zwar eines gegen die Einsamkeit."

5

Am nächsten Tag hatte Phil ein Flugticket geordert nach Frankfurt und war von dort mit dem Zug nach Waldhagen gefahren, dem Bahnhof, der nur zwei Kilometer von Klein-New-York entfernt lag, der Hauptort der Großgemeinde Kirchrode mit Rathaus und kleinem Hotel.

Er quartierte sich dort für einige Tage ein, um die üblichen bürokratischen Notwendigkeiten zu erledigen und sich nach dem Wohnungsmarkt im hiesigen New York zu erkundigen.

Auf der Gemeindebehörde kannte ihn niemand mehr, aber wie hocherfreut war man auf dem Amt, einen alten New Yorker wieder in der ach so schönen Heimat begrüßen zu dürfen. Und gerne würde man seinem Wunsch nachkommen, ihm Exposés von zum Vermieten oder Verkauf angebotenen Wohnungen und Häusern zu unterbreiten.

Phil hatte sich schnell entschlossen. Ein kleines altes Fachwerkhaus in der 11. Straße direkt neben der Kirche, in der er vor 55 Jahren eingesegnet worden war, hatte es ihm angetan, zumal er alles vom Keller bis zum Boden bestens renoviert und einzugsfertig vorfand.

Das eigentliche Herz des Hauses bildet ein großzügiger Kaminkachelofen, der sich als derart effektiv erwies, dass er mit nur wenigen Buchenscheiten die gesamte Wohnung angenehm zu erwärmen vermochte. Mit nur wenigen Möbeln aus der Region richtete er es sich behaglich ein und hörte dabei all die Musik, deren Wohlklang zu lauschen, nie wieder auf den St. Nimmerleinstag verschoben werden sollte.

Drei Tage bewohnte er jetzt seine neue Bleibe, zumeist wie eine schnurrende Katze in das knisternde Feuer schauend, als es an der Tür klingelte. Vor ihm stand eine attraktive Frau, etwa Mitte 30 Jahre alt.

„Guten Tag, Herr Frings. Mein Name ist Franziska Trede. Ich bin die Pastorin der Pfarrstelle hier und der Nachbargemeinde Waldhagen und möchte Sie bei uns sehr herzlich mit Brot und Salz begrüßen."

Hocherfreut bat er sie herein und bewirtete sie sogleich wunschgemäß mit Tee und Gebäck.

Franziska Trede berichtet so lebendig über die Aufs und Abs in ihrer Berufslaufbahn, dass er glaubte, die eine oder andere Übereinstimmung mit seinem durchaus nicht nur unkritisch zu betrachtenden Lebensweg entdecken zu können.

Sie war lange Jahre an der Universität als wissenschaftliche Mitarbeiterin tätig gewesen, viel zu lange, wie sie betonte. Sie hätte sich nach Gemeindearbeit gesehnt, und vor zwei Jahren sei ihr Wunsch weitgehend in Erfüllung getreten.

Jetzt habe sie ein Dreiviertelstelle, die allein von der Kirche finanziert werde. Eine reduzierte Stelle auf eigenen Wunsch? wollte Phil wissen.

„Die Kirchensteuer fließt nicht mehr so, wie vor Jahrzehnten noch, wissen Sie. Und wir haben einen guten Kompromiss gefunden, den man einen brüderlichen-schwesterlichen Glücksfall nennen könnte.

Meine Berufstätigkeit beruht auf vier Säulen, die mir meine Lebensgrundlage auf Dauer und in hinreichendem Maße sichern hilft und mich unter die Leute bringen lässt in einer von mir nie erträumten Vielfalt der Begegnungen.

Aber fangen wir vorne an – die erste Säule: ich arbeite als Klinikseelsorgerin im Kreiskrankenhaus.

Säule zwei und drei wie gesagt Gemeindearbeit hier und drüben.

Säule vier ist und bleibt für mich ein Zauberwerk. Die beiden Dorfbevölkerungen haben mit der Kirche und meiner Wenigkeit eine einvernehmliche Lösung gefunden: das Geld für Säule 4 wird zumindest zu einem Großteil aufgebracht durch Einnahmen, die gemeinsame Dorffeste erbringen, Feste und Veranstaltungen der zahlreichen Vereine, von den Sport- und Wandervereinen, über die freiwillige Feuerwehr bis hin zu den Kirmesburschen und -mädels."

Manchmal treffen wir uns nach dem Gottesdienst auch unten in der kleinen Kirchengrotte zu einem Weinfest. Kaum zu glauben, wie viele Leute immer auf einen Schoppen und Plausch vorbeikommen. Solche fürsorglichen Dorfgemeinschaften hatte ich vor meinem Theologiestudium und meiner Assistentenstelle an der Uni natürlich nie erlebt."

„Wie ist es nur möglich, aus der Not solche Tugend zu machen!" Phil klatsche in die Hände und rief begeistert: „Welch wunderbare Win-Win-Situation!"

„Ich lade dich" - inzwischen war man beim Du angelangt -"sehr herzlich am kommenden Sonntag zu unserem Gottesdienst mit anschließendem Flohmarkt und Grillfest hier an der Kirche dir gegenüber ein."

Am nächsten Tag schickte sich der Neu-Alt-Bürger an, einen Kubikmeter Buchenholz aus einer Palette vor der Garage in Bananenkartons hinter das Haus unter das Dach der Loggia zu tragen. Nachbarn boten an zu helfen.

Mit jüngeren gab es ein nette neue Bekanntschaft, mit älteren ein zum Teil tränenreiches Wiedersehen.

6

Die kleine zweistöckige Kirche aus dem frühen 18. Jahrhundert war bis auf den letzten Platz besetzt.

Nach dem Eingangslied sprangen urplötzlich Franziska mit ihren Konfirmandinnen und Konfirmanden aus der Kulisse - und die Pfarrerin im Pippi-Langstrumpf-Kostüm – , um unter all den Bänken Pippis Lieblingssuchobjekt, dem Spunk, nachzuspüren, denn es galt, auf witzige Weise in das Thema dieses dritten Sonntagsgottesdiestes nach Trinitatis einzuleiten: Suchen-und finden-Ritual.

In ihrer Predigt gelang es Franziska, einen spannenden Bogen von den Psalmen Davids über das Gleichnis vom verlorenen Sohn bis zu unseren heutigen Formen alltäglichen, sehnsüchtigen - vielleicht sogar bislang noch verborgenen? - Suchens und Findens zu schlagen.

Drei auserwählte Paare dreier Generationen erzählten unaufgeregt, wonach sie in ihrem Leben gesucht und was sie mit großem Glück gefunden hatten: den richtigen Beruf, Gesundheit, zumeist aber die*den richtige*n Lebenspartner*in und fröhliche Kinder.

Gerne hätte sich Phil dazugestellt, aber plötzlich verschlug es ihm die Stimme, als ihm bewusst wurde, dass die neuen Eindrücke von einem wiedergewonnenen Zuhause noch viel zu frisch waren, um ein Wort darüber zu verlieren. Viel Größeres war es womöglich noch, das ihn dazu veranlasste, sich einfach still und leise wie ein getretener Hund in der Bankecke zusammenzukauern: Suchen und finden, das war nicht mehr und nicht weniger sein Lebensthema – beständig durchzogen von Fremdbestimmungen, Versagen, Mutlosigkeit, schwersten Fehlentscheidungen.

Zum Flohmarkt trug er einige filigrane Porzellanpreziosen aus dem alten Hausbestand bei sowie seine gesamte Jerry-Cotton-Sammlung – das Stück zu 10 Cent. Nach Ende der Veranstaltung war der kleine Stapel tatsächlich verschwunden.

Das anschließende Grillfest und die große Waldwanderung am übernächsten Sonntag durch Mischwald und über Feld und Wiesen von Kirchlein zu Kirchlein gaben reichlich Gelegenheit zu weiteren Bekanntschaften mit Nachbarn aus nächster Nähe wie näherer Ferne, z u reichlich vielleicht, wie er befürchten musste.

So froh er auch war über das ihm eher überraschend zugewachsene hohe Maß an mitmenschlicher dörflicher Gemeinschaft, der fast lebenslange Groß-New-Yorker lonesome Cowboy fühlte sich indes so manches mal überfordert, so dass er damit begann, einen für ihn passenden Rhythmus von Zuwendung und … nein n i c h t Abwendung, sondern Pausen von Zuwendung zu finden. (Am kürzesten, was die Abstände betrifft, gewiss gegenüber der ohnehin vielbeschäftigten unverheirateten Franziska, in die sich vermutlich bereits die gesamte männliche Bevölkerung von New York und Waldhagen verliebt hatte ;-!).

Die ganztägige Begegnung mit Baron von Fürstenberg, dem Besitzer der Waldungen in und um die beiden Kirchengemeinden führte zu einer Art der näheren Bekanntschaft, wie sie Phil so nie in den Sinn gekommen wäre.

Der Baron, selbst ein passionierter Förster, gab höchst kompetent Auskunft über den üblen Zustand der Wälder. Phil wich lange nicht von seiner Seite, weil er eine für ihn ganz andere Vorstellung von der Rettung der Wälder vertrat als sie gerade in Mode waren. Phil hatte auf der Eisenbahnfahrt von Frankfurt nach Waldhagen das Buch eines Försters gelesen, der mit Bäumen und anderen Pflanzen sowie Tieren tatsächlich oder angeblich zu sprechen vermag.

Phil war recht angetan von dieser Sichtweise. Er vermochte sie zwar nicht so recht rational nachvollziehen, sie entsprach aber seinem tiefen emotionalen Bedürfnis, dass die allzu disparate Welt ein wenig näher zusammenrücken möge.

Baron von Fürstenberg wiederum verachtete die Humanisierung des Waldes und vertrat die Auffassung, dass ein Wald wie seit 300 Jahren lediglich drei Funktionen zu erfüllen habe: Lebensgemeinschaft zu sein, Erholungsraum und Wirtschaftsareal.

Sein Sohn gebe die „Schloss-Fürstenberg- Zeitung" heraus, in der gerade über den Waldstreit ausführlich berichtet werde. Wenn Phil ihm seine e-mail-Adresse gebe, werde er ihm das Blatt zukommen lassen. Natürlich sei er auch eingeladen, selbst Artikel beizutragen – ob in sachlicher oder poetischer Form sei ganz egal.

Wie herrlich die Pilze, der Waldboden die Bäume doch rochen. Sachtexte zu verfassen zur Thematik, er, der Sonntags zumeist immer nur im Centralpark zu flanieren vermochte, dazu fühlte er sich nun wirklich nicht berufen.

Aber schon als Kind liebte er Bäume, als seien sie gute Freunde des Menschen.

Plötzlich bekam er große Lust, über Bäume zu schreiben für die Schloss-Zeitschrift ... kleine, große, aller Art... und zwar in Gedichtform.

Im Verlauf seiner Teilnahme an der Englisch-AG hatte er den Wunsch verspürt, nicht nur Dramen zu lesen, sondern dazu angehalten werden, welche – und wenn es noch so kleine gewesen wären – selbst abzufassen. Hätte er statt Noten in Mathematik, Wirtschaft und Englisch auch ein Zertifikat für praktische Literatur (er war voller Ideen) erhalten, wäre er womöglich Schriftsteller geworden?

Den Lehrer*innen konnte er keine Vorwürfe machen, denn es wäre allein seine Entscheidung gewesen zu schreiben. Jerry-

Cotten-Texte zu übersetzen hatte ja auch keines Anstoßen von oben oder außen bedurft.

Im nächsten Augenblick war ihm nicht länger zumute, über verpasste Lebenschancen zu räsonieren. Er nahm sein Notitzbuch aus der Jacke und skizzierte Verse über Birken im Schnee, Eichelhäher in der Spitze seiner alten Linde zwischen seinem Haus und der Kirche, sich suhlende Wildschweine mit ihren Frischlingen, eine Ameisenstraße – ach, wollte er sich nicht auf das Thema Bäume beschränken?

Bei einem sonntäglichen Spaziergang trat eine ihm bekannt erscheinende etwa gleichaltrige Frau mit ihrem Hündchen auf ihn zu: „Hallo, ich bin die Bettina. Wir sind zusammen zur Schule und zum Konfirmandenunterricht gegangen.

Ich war sehr verliebt in dich, aber du hattest es, glaube ich, nicht bemerkt.

Der Mann, der mich geheiratet hatte, ist seit langem verstorben, und ich möchte gerne mit dir heute Abend zum Tanz gehen. Im Dörfergemeinschaftshaus findet heute ein Vorfrühlingsfest statt mit zünftiger böhmischer Volksmusik. Hast du Lust?

Du musst mir unbedingt von deiner Zeit in den Staaten erzählen. Weißte, es war auch mein Traum, dort einmal hinzufliegen …".

7

Wir neigen in unserer kleinen Geschichte vielleicht dazu, das große New York z u schwarzweiß zu sehen und das kleine z u sehr idealisieren zu wollen, was nicht dem Geschmack aller Leser*innen entsprechen mag.

Deswegen könnten wir Bettina und Phil mit gutem Gewissen von 22 Uhr bis zwei Uhr nachts aufs Tanzparkett schicken (was im großen New York hätte ja genauso passieren können) und sie dann nach Hause schleichen zu lassen – todmüde, und jeder fällt in sein eigenes Bettchen.

Andererseits hat sich der Autor einer nachfolgenden Geschichte, „Die Meerjungfrau", möglicherweise von der Macht des Märchens z u sehr einstimmen lassen. Er geht nachts gegen zwei Uhr noch einmal zurück zur Festhalle.
Bettina und Phil verlassen gerade Hand und Hand das Fest, und er hört ihn sagen:
„Du, ich spüre, das könnte der Beginn einer sehr großen Freundschaft werden!"
Na denn, good luck and good night!

Kapitel II: Grenzfahrt

Die Vögel

Kein Grün war mehr zu sehen, kein Moos im Reetdach der Fischerkate.
Bis hoch zum Bugspriet war es seit Tagen bedeckt allein von Schwarzem, Raben in Scharen.

Nein, das hatte der alte Seemann in seinem Leben bislang noch nicht erlebt! Es half nicht sein Geschrei gegen soviel besitzergreifendes Ungestüm von gleich auf jetzt.

Er hoffte zuletzt Antworten zu erhalten auf seine bangen Fragen: „Wo kommt ihr her? Wo wollt ihr hin? Wann nur wollt ihr endlich weiterziehen?"

Da sprachen die bedrohlich wirkenden Tiere wie im Chor: „Wir hören Ihre Fragen hinreichend laut! Doch für uns geben sie keinerlei Sinn. Wir stecken nicht in der für weiße Männer üblichen nackt-geilen Zitterhaut ... das müssen Sie verstehen.
Wir   ticken   anders   als   Sie!
Denn wir sind schwarz gefiedertes Mohrenvieh ...

Wollust

Erträumte sie jegliche Nacht
viel jünger mir Monat und Jahr.
Endlich war sie zwanzig wieder.

Wohl zwanzig Mal verging
ich mich
an ihr voll Lust!

Froh weckt sie mich
meinen Kurzbart
zungenrundend.

Befrag den Traum?
Gar nichts sah ich -
nur heiße Wangen ...

Liebeskummer

Wo bleibst du nur, mein Rufen bis zum frühen Morgen?
Nach ihr, nach ihr, nur nach dir!
Kehrt ohne Echo wie ein Wort verstorben
stumm zurück zu mir.

Seit Nächten vertrocknen zwei Rosen
in einer Kammer tränenloser Schmerzen.
Kennst den Ort, musst nicht nach ihm suchen.
Sie duften und sterben allein in meinem Herzen.

Ideenschmiede

Ich habe einen Einfall
zu einem Sonett
und visioniere eine Ballade.
Beides etwa zugleich?

Dieses wie jenes ganz nett
doch schon ein wenig vage?
Und kein Vers gibt dem anderen nach,
tun wichtig sich und einander weh!

Bis ich begreife:
So wird das nichts mit einem neuen Gedicht -
für den Herren!

Eigentlich recht schade. Hier ein Wille zur Enge wie bei Storm,
dort das Weite jedweder Quelle wie bei Fontane.
Finden Sie das denn nicht?

Ahrenshoop im Garten vom Dornenhaus

Ein Boot hat festgemacht
an Land
zwischen Belt und Bodden.
Der Mast mit durch Böen bewegten Rettungswesten
steht fest als blasser toter Steuermann.
Die Ruder sind angelegt an abblätternden Farbresten.

Durch den Boden hindurch
hat Grünzeug sich Bahn gebrochen
Brennnessel dabei –
auch bunte Blumen.

Der olle Kahn hat bessere Tage erblickt,
möchte man behauten,
im Frühtau zu wogenden Wellenbergen
mit gehissten nassen Fahnen.

Aber wer bildet sich das ein
oder will es wissen?

Dinner for one

Entflammte Tannenbäume
am Strand von Sylt zu Bikebrennen.
Aus zahllosen Kehlen zu lauter lauten Hymnenklängen
und dem Wahlspruch
inselfriesischer Walfangkapitäne:
„Rüm Hart, Klaar Kiming".

Bald kommt ja der Sommer
mit seinem warmen Schaum auf Badebrandungen.

Die Böller krachen,
bunt erstrahlt das Himmelsblau.
Im Silvestersketch
ein versoffenes „Prost Neujahr!?"

Lebenslänglich

Will verschlingen
Herz vor Hunger
müsst verdursten
ohn' heißes Blut.

Aufgespießt lockt
rettender Biss.
Edle Tropfen
rinnen vom Stahl,
sie laden ein
zum letzten Ma(h)l.

Aus tiefem Schlaf
im Heißfieber
schreckt stechend Schmerz
mit aller Wucht
trifft mich hart Hieb.

In Händen haltend
einzig Gesicht -
gebrochen Blick.

In eisige Gruft
nimm hinab mit
verdammt Eifersucht,
die Leidenschaft:
mit Eifer sucht,
was Leiden schafft.

Grenzfahrt

In einem Sommer tropisch-polar irgendwo zwischen Deutschland und der Schweiz, Rhein und Bodensee, zwischen Hermann Hesse und heute, kommen von der Höhe wir ins Tal zu einem Kirchlein dicht am Ufer von Bodman.

Je zwei Arme und Beine taten uns weh, doch vom offenen Fenster duftet herein ein buntes tröstendes Blumenmeer. Von einem Augenblick zum anderen verwandelt es sich in einen hohlen Kopf und einen zweiten ... wie, als wären sie tot oben bei Golgatha auf der halben Insel Höri.

Komm, lieber Freund Hein, nimm die letzte Fähre – oder stören wir dich allzu sehre?

Vor lauter Erschrecken hatten wir nichts verstanden, rein gar nichts, und flüchteten uns von Hades Ufern in die vertrockneten hohen Berge.

Fahrende Gesellen

Auf einer Marmorbank unter einer schattigen Pinie vor den Resten des Appollo-Tempels weit über dem Meer vor Rhodos saß ich, ein Lied zu schreiben, die heiligen Ruinen zu preisen.

Eine muntere Kinderschar kam hochgelaufen – um zu grüßen etwa mich? Nein, mit gemeinsamer Kraft rüttelten und schüttelten sie die uralten Granatapfelbäume, um letzte reife Früchte zu ergattern.

Wie aber sollte ich denn dichten bei diesem Geschnatter? Kaum waren die süßen Bälger abgezogen mit ihrer Nachspeise, als eine laut blökende abgemagerte Schafherde sich auf die Obstreste der Mädchen und Jungen stürzte.

Das war's dann wohl rund um mein griechisch anmutendes Gedicht mit dem geplanten Titel: „In der Ruhe wohnt die Kraft!"

Wird alles gut? I

Fleißig ist sie.
Was sie auch tut,
es reicht nicht zum Überleben.

Wird alles gut? II

Vor der Glotze packt ihn kalte Wut:
jede Fratze in der daily soap
lacht über sein Gemüt,
statt ihm Suppe zu geben.

Wird alles gut? III

Den letzten Mut von wegen,
den soll ihr niemand nehmen.
Reif fühlt sie sich gar zu wandern
mit dem Quartett hinauf nach Bremen
im Duaduadett.

Wird alles gut? IV

Hinein muss er - nicht auf alten Wegen,
nicht auf sehr unbequemen
vielmehr auf denen im second life.

Fragen eines lesenden Soldaten

Ist es eine Mission?
Verteidigung des Vaterlandes?
Ist es eine Aggression?
Belagerung des Wüstensandes?

Geschichtsstunde

Frage eines Endnoten vergebenden Paukers an den auf der Kippe stehenden Schüler Hanno Buddenbrook:

Pauker: „In welcher Schlacht fiel Kaiser Napoleon?"

Schüler: „Mit Gewissheit in seiner letzten!"

Pauker: „Mit durchaus gutem Gewissen werde ich dafür Sorge tragen, dass Sie diesen Angriffskrieg gegen mich keinesfalls gewinnen werden, Sie unverschämter Lümmel! Sie werden Ihr Waterloo erleben!!"

Schüler: Oh, dann bin ich doch froh, dass Sie schon in einer früheren Völkerschlacht dahingemetzelt wurden, sehr verehrter Her Dr. Rath!"

Der zahme Zahn eines Löwen?

Du streichelst sanft die letzten Samenträger einer Pusteblume -
wie den samtenen Pelz eines Kätzchens.
Schnurren sie, oder wollen sie endlich fliegen?
Ein Hauch aus gespitztem Mund.
Ein nackter Stängel.
Alles für die Katz!

Die Anschaffung

Ein duftender Traum
vom eigenen Gemäuer mit Garten
darin ein einsamer Baum
mit Zweigen, die Äpfel tragen
lachend wie in Kindertagen.

Ihn allein erwarb ich mir,
einzig teuer bezahlt vom langen Leben.
Den zu leisten mir, ich kann irgendwann?
Wohl kaum!

Eiliges Senryū

Steil den Berg hinauf
von der Hölle himmelhoch ...
was für eine Fahrt!

Sehr japanisch

Blätter aller Art -
bis zum Vielzack vom Ahorn.
Das Haiku liebt sie.

Kapitel III: Verplaudereien

Das barfüßige Lächeln einer Sommernacht

1

Zählte ich noch elf oder doch schon 12 Jahre? Eigentlich egal, denn ich befand mich ja noch jenseits aller Jugendbegrenzungsalter für Kinobesucher durch die sogenannte Freiwillige Selbstkontrolle (FSK). Dunkel erinnere ich mich an die vielen Abenden nach dem Gute-Nacht-Gruß der Eltern, an denen mein älterer Bruder von spannenden Filmen erzählte, die er im Kino gesehen hatte – in Husum, wo er zeitweise bei den Großeltern lebte, oder in Flensburg, der Stadt, in deren Nähe wir gemeinsam wohnten.

Wie gruselte es mich doch, als er Paul Hubschmied mit einer Fackel bloß ausgerüstet in eine Höhle hineinsteigen ließ, in der unvermittelt eine Schar von zerlumpten und entstellten Leprakranken auf den Filmhelden - und somit auch auf mich! - höchst bedrohlich herzuschreiten beginnen.

Wie das Schreckensabenteuer ausging, habe ich bis heute geflissentlich verdrängt.

Nicht weniger verstörend blieb für mich lange Zeit die Schilderung meines Bruders mit seinem ausgezeichneten Erzähltalent über einen völlig durchgeknallten Mörder, der im vermeintlichen Auftrag seiner bettlägrigen Mutter (oder war sie es etwa selbst?) zuerst eine bildhübsche Diebin, während diese unter der Dusche eines Motels stand, mit den Stichen eines großen Messers dahin meuchelte – für mich nach der Bedrohung Hubschmieds erneut ein Schrecken, der mir durch die Glieder fuhr, weil er aus heiterem Himmel erfolgte.

Das nächste Opfer des Mörders/der Mörderin war der Detektiv Arbogast, der nach dem Verbleib des armen Mädchens fahndete, die Treppe des betagten einer viktorianischen Villa ähnlichen

Hauses nach oben schlich, und urplötzlich von einer vermeintlichen alten Frau ebenfalls mit einem Messer attackiert wird und nun mit offenem und entsetzten Mund jede einzelne Stufe hinuntertaumelnd – vergeblich nach irgendwelchem Halt suchend. Wie sollte er ihn auch finden.

Es war spät geworden, aber wir waren keineswegs müde. Schnalzend und süffisant hielt mir mein Bruder die Schlusspointe bereit.

Das Muttersöhnchen Norman Bates betritt langsam den Keller, um seiner vermutlich über alles geliebten, ja, ihr gar hörigen Mutter von seinen Heldentaten zu berichten.

Es ist ziemlich dunkel. Er dreht sich – noch langsamer als zuvor – zu uns Zuschauern um, stößt dabei an eine blanke schwach leuchtende Glühbirne, die von der Decke hängend ins Schwanken gerät und zuletzt erneut – surprise! - mit ihrem flackerndem Schein das Angesicht von „Mutter" erhellt: ein vom Fleische fallender Totenschädel!

Allerletzte Schlusspointe, die mir allerdings erst etwa 20 Jahre später in einem schwedischen Kino in der Originalversion zu Ohren kam: Norman sitzt in einem Gefängnis oder einer Psychiatrie oder beidem und erhält von einem Aufseher eine wärmende Decke umgehängt. Und er antwortet mit der hohen Frauenstimme von Mutter: „Thank you!"

2

Wir wohnten schon in einer anderen Stadt. Ich war inzwischen 14, mein Bruder 16 Jahre alt.

In der ARD oder im ZDF gab es selten zwar, aber immerhin Filmreihen wie „Der besondere Film", „Filmfestival" oder „Filmforum".

Eingeleitet wurden diese außergewöhnlichen Kunstwerke stets von begnadet verständlich sprechenden Kinojournalisten wie Heinz Ungereit, Franz Evaschor oder Dieter Krusche – wenn ich mich recht entsinne. Die Zeit der Frauen auf dem Bildschirm war im übrigen noch lange nicht gekommen ...

Eines Abends gab es einen alten Schwarzweißfilm, der im Zirkusmilieu spielt. Wie liebte ich doch die kleine Welt des fahrenden Künstlervolkes. Hatte mich nicht einst die Vorstellung eines kleinen Wanderzirkus' in einem Dorf nahe der holländischen Grenze derart verzaubert, dass ich meinem jüngeren Bruder auf Geheiß unserer Mutter statt in die nächste Aufführung zu bringen, ihm das sorgfältig eingewickelte Eintrittsgeld abnahm, um selbst noch ein zweites Mal im Angesicht der jungen hübschen wagemutigen Seiltänzerin über dem Abgrund leichtfüßig dahinschwebend zu erzittern und mich über die Streiche und Purzelbäume der kleinwüchsigen Saxophon spielenden Clowns totlachen zu können, während ich den traurigen kleinen Bruder vor dem Zelt lauthals heulen ließ?

Nichts, rein gar nichts hörte ich von alledem da draußen, sondern nur - wie in einem Kopfhörer – das Peitschenknallen, das „Spring – allehopp!", die Trommelwirbel, die dem Hochseilakt galten.

Plötzlich packte meine Mutter mich am Schlafittchen und fragte besorgt: „Na Junge, was machst du denn hier noch?? Dein kleiner Bruder ist soeben weinend nach Hause gelaufen, und wie du siehst, hat er sich immer noch nicht beruhigt."

Mit ihrem Taschentuch trocknete sie ihm kurz die Wangen und putzte ihm die Nase. Dann fragte sie mich: „Ja schämst du dich denn eigentlich gar nicht?"

Natürlich schämte ich mich, und die Tränen des Bedauerns liefen mir über das ganze Gesicht.

„Hier hast du den Haustürschlüssel", sagte sie, „ich bleibe bei dem Kleinen, und fang du schon mal mit dem Abwasch an. Und jetzt gräme dich nicht weiter. Ich verstehe dich ja auch ein bisschen. Denn so ein betörendes Vergnügen kann einem schon den Atem rauben und die Welt da draußen vergessen lassen."
Und tatsächlich versprach mir doch unsere gütige Mutter, dass ich morgen noch einmal die Nachmittagsvorstellung besuchen dürfe – aber dann auch wirklich zusammen mit meinem kleinen Bruder!

Die Scham über meine damalige einzigartige Unverschämtheit habe ich allerdings über Jahrzehnte zu verdrängen vermocht. Vor wenigen Jahren erst sehe ich das in Cannes mit der Goldenen Palme ausgezeichnete Meisterwerk „Das weiße Band" vom österreichischen Filmregisseur Michael Hanecke, in dem er auf geradezu verblüffende Weise zum Vorschein bringt, wie das gesamtgesellschaftliche Klima vor dem 1. Weltkrieg auch Kinder allen Alters zeitweise zu Bestien werden lässt, welche Grausamkeiten begehen können, die man vielleicht bislang nur Erwachsenen zugetraut hätte.
Seit dieser Filmbesichtigung wurde mein Scham wie aus einer tiefen Gruft ins Bewusstsein zurückbeordert und wirkt dort mittlerweile heilsam, wie ich es sehnlichst erhoffe, um eine in vielerlei Hinsicht verletzte Persönlichkeit – allmählich, ganz allmählich! - in einen Charakter zu verwandeln, der sich Goethes Ideal annähert: „Edel sei der Mensch, hilfreich und gut."

Um endlich wieder auf den angekündigten Schwarzweißfilm im Fernsehen zurückzukommen: In unserer Fernsehzeitung hatte meine Mutter recht gründlich die Inhaltsangabe des Leinwanddramas über das vermeintliche freie Künstlerleben studiert und dabei festgestellt, dass es durchaus um die Freiheit der Kunst gehen solle, aber eben nicht allein um diese, sondern auch um die Freiheit des Lebens, und zwar ganz besonders in

Form einer Freiheit der Liebe. Vom Ehebruch war in der Zeitschrift zu lesen und schlimmer noch: vom Fremdgehen der verlassenen bzw. verlassen werdenden Geliebten untereinander! Genug ist genug! Das, was unserer Mutter zu lesen bekam, reichte aus, ihrem pubertierenden Jungen den Fernsehabend zu versagen. Enttäuscht war ich schon, hatte aber auch das Gefühl, dass meine Mutter mich vor dem Anblick von Verhaltensweisen bewahren wollte, die geeignet erscheinen könnten, mich, ein Kind ja fast noch, in Kopf, Herz und Seele bloß zu verwirren.

Andererseits aber hatte ich ja noch meinen spätabendlichen Geschichtenerzähler: Mit erotischen Szenen oder solchen sexueller Art hätte die olle Kamelle aus den frühen fünfziger Jahren überhaupt nichts aufzuwarten gehabt.

Um einen Zirkusdirektor sei es gegangen, der einst Frau und Kinder in der Stadt verlassen hatte, um wie ein frei fahrender Sänger in der großen weiten Welt herumzutingeln. Als seine Geliebte ihm wiederum untreu wird, sehnt er sich zurück nach Hause. Aber seine Frau käme mittlerweile recht gut zurecht ohne den ewigen Herumtreiber.

Meinem Bruder hatten insbesondere die Musik des Films gefallen und die ungewöhnliche Kameraoptik, die die Hauptpersonen oftmals in Spiegeln erfasste.

Keinen Abend verpasste ich seither, wenn – auf welchem der zwei Kanäle auch immer – ein besonderer Film angekündigt und informationsreich eingeleitet wurde: „Asche und Diamant" (Popiół i diament), 1958, von Andrzej Wajda war darunter (der Starschauspieler Zbigniew Cybulski, der polnische James Dean, spielte darin überaus beeindruckend einen antikommunistischen Attentäter, der in der politischen Neuaufbauzeit nach dem Krieg wie viele Landsleute auch jegliche Orientierung verloren zu haben schien).

Oder Claude Chabrols subtile Ehetragödie „Die untreue Frau" (La femme infidèle), 1969, („... wenn ein Steinchen ins Wasser geworfen wird, bilden sich - scheinbar unendlich viele größer werdende und weiterwandernde – Kreise...").

Gänzlich unvergessen allerdings bleiben mir drei schwedische Filme, die meines Wissen bis heute nie auf irgendeinem Sender wiederholt ausgestrahlt worden sind: Jan Troells Film "Raus bist du" (Ole, dole doff), 1968, in der der Regisseur, der neun Jahre als Volksschullehrer gearbeitet hatte, die Geschichte erzählt eines Lehrers, der kläglich in seinem Beruf versagt.

Zudem zwei Leinwanddramen des wohl prominentesten Ingmar Bergman-Kritikers, Bo Widerberg: „Das Rabenviertel" (Kvarteret Korpen), 1963, - ein düsterer Schwarzweißfilm über einen jungen Mann, der im Schweden der 30er Jahre versucht, seinem unter großen Elend leidenden Arbeitermilieu zu entkommen, um – nicht gänzlich ohne Hoffnung, aber auch nicht ohne schmachvollem Eigennutz – eines Tages Schriftsteller zu werden.

Und schließlich zum dritten schwedischen Kinoevent: meinem „Herzensfilm" in Farbe, ebenfalls also von Bo Widerberg: „Das Ende einer großen Liebe" (Elvira Madigan) – erarbeitet auf der Grundlage einer berühmten Moritat des schwedischen Dichters Johan Lundström Saxons nach einer wahren Begebenheit im späten vorvorigen Jahrhundert über die fatale Liebesbeziehung eines verheirateten schwedischen Offiziers zu einer in Flensburg geborenen jungen dänischen Seiltänzerin. („Achten Sie, liebe Zuschauer*innen, einmal darauf", so der Ansager, „wie eine Rotweinflasche auf der Picknickdecke umkippt, und die beiden unsterblich wie sterbensbereiten in einander Verliebten dies gar nicht mehr zu interessieren scheint.")

Das tragisch endende Geschick des Paares im wahren Leben erregte dereinst großes Aufsehen in der Öffentlichkeit, hatten sich doch wenige Monate zuvor der österreichisch-ungarische

Thronfolger Rudolf aus dem Hause Habsburg und seine Geliebte Mary Vetsera das Leben genommen.

Für Widerberg bedeutete die 1967 inszenierte schmerzensreiche Romanze den ersten internationalen Durchbruch. Die im selben Jahr entstandene dänische Version „Elvira Madigan" des Regisseurs Paul Erik Møller, die ich nicht kenne, war offenbar weniger erfolgreich. Auch die schwedische Erstverfilmung von „Elvira Madigan" durch den Regisseur Åke Ohberg aus dem Jahre 1943 mit Bergman-Schauspielerin Eva Henning ist mittlerweile wohl der Vergessenheit anheimgefallen.

Auf vielen Filmfestivals wurde insbesondere das hochsensible, geradezu lyrische Spiel der beiden Hauptdarsteller Pia Degermark und Thommy Berggren in Widerbergs Meisterwerk gelobt. In Cannes wurde die 17-jährige Pia Degermark mit dem Darstellerinnenpreis ausgezeichnet.

Versuche allerdings von Filmproduzenten im schwedisch-, englisch-, italienisch- und deutschsprachigen Raum das Überraschungstalent als eine Art Nachfolgerin von Ingrid Bergman aufzubauen bzw. zu präsentieren, scheiterten kläglich.

In den USA erkrankte sie an Anorexia nervosa und Amphetaminsucht. Nach einer gescheiterten Ehe zurück in Schweden wurde sie wegen Drogenbesitzes und Betruges zu einer über einjährigen Gefängnisstrafe verurteilt. Ein Verkehrsunfall verursachte eine bleibende schwere Verletzung, die sie zuletzt nötigt, mit einfacher Handarbeit ihr Leben zu sichern.

Nach der damaligen einmaligen Fernsehausstrahlung von „Das Ende einer großen Liebe" kaufte ich mir nicht nur die Schallplatte mit der Filmmusik, meiner ersten Klassikschallplatte überhaupt, auf der der Pianist Géza Anda beständig Mozarts zweiten Satz, das Andante, aus dem Klavierkonzert Nr. 21 intoniert, nein, vielmehr pilgerte ich sogleich als Tramper nach

Dänemark, zunächst auf die kleine Insel Tåsinge, zwischen Langeland und Fünen gelegen. Dort im Nørreskov, im nördlichen Inselgehölz, hatten sich dieser Romeo und diese Julia das Leben genommen.

Begraben wiederum sind sie auf dem Friedhof des Dorfes Landet auf Langeland. Am Grab hatten bis zu meinem letzten Besuch dort stets frische Blumen gelegen.

Seit dem Kinostart wird das Mozart-Werk übrigens zumindest in Deutschland und Skandinavien auf den Markt gebracht unter dem Titel „Mozarts ‚Elvira Madigan'".

Als meine zweite Frau und ich uns im Jahre 2007 im verschneiten thüringischem Zella-Melis das Ja-Wort gaben, spielte die Standesbeamtin Mozarts Andante ein. Ob es wohl Zufälle gibt?

Während die beglückenden Akkorde erklingen, betrachtete ich versonnen das anmutige Lächeln meiner Frau, und in meinen Gedanken weilte ich voller Liebe allein bei ihr.

In meinen Ohren jedoch nahm ich, wenn auch aus sehr ferner Erinnerung, eine ganz andere Musik wahr:

„Das Bänkellied von der Seiltänzerin Elvira Madigan
und den Folgen der Liebe des Leutnants Graf Sparre
zu diesem Frauenzimmer.

Traurig sind die Dinge wahrlich, die man heut' besingen kann.
Doch am traurigsten erging es der Elvira Madigan!

Sie war schöner als ein Engel, blau die Augen, Wangen rot.
Lilienschlank war ihre Taille, grausam griff nach ihr der Tod.

Wenn sie auf dem Seile tanzte, schien ein Vöglein sie zu sein
Und es kam ein Beifallsjubel stets aus der Bewund'rer Reih'n!

Um sie warb Leutnant Graf Sparre, von der Schönheit ganz betört,
Und sie hat sein Liebesfleh'n herzenzitternd gern erhört.

Doch er hatte Weib und Kinder, dieser junge Edelmann,
Und drum floh er aus der Heimat mit Elvira Madigan!
Und drum floh er aus der Heimat mit Elvira Madigan!

Fühlten sich zuhaus' in Schweden noch hoffnungsvoll und stark,
waren sie sehr bald verzweifelt, ohne Geld in Dänemark.

Niemand diesen Liebesleuten auch nur eine Krone gab.
Um dem Hunger zu entfliehen, suchten Ruhe sie im Grab.

Zitternd hob er die Pistole, doch er traf genau ihr Herz.
Und sie starb in dieser Sekunde, ohne Seufzer, ohne Schmerz.

Merkt auf, ihr jungen Leute, packt die Liebe ganz anders an,
Dass ihr nicht im Blut müsst baden – wie Elvira Madigan!
Dass ihr nicht im Blut müsst baden – wie Elvira Madigan!

Das war das Bänkellied von der Seiltänzerin Elvira Madigan
und der Folgen der Liebe des Leutnants Graf Sparre
zu diesem Frauenzimmer."

Die deutsche Version von Saxons Lied über eine Amour fou wurde 2000 eingespielt, und zwar vom großen Schlagergott meiner Kindheit, Freddy Quinn.

Auf der winzigen Insel Thurø, einen Steinwurf von Tåsinge entfernt, hatte Bert Brecht übrigens auf Einladung der dänischen Schriftstellerin Karin Michaëlis eine erste sichere Heimstatt auf der Flucht vor seinen faschistischen Häschern gefunden. Wenig später erwarb er ein am Sund gegenüberliegendes geräumigeres reetbedecktes altes Fischerfachwerkhaus im Dorf Skovsbostrand bei Svendborg auf Fünen.

Ich stehe im verwunschenen verlassenen Garten mit hochgewachsenen Linden und Kastanien und schaue gedankenverloren hinüber über den Sund.

Plötzlich vernehme ich hinter mir eine bekannte verrauchte Männerstimme, die ebenfalls bekannte Verse raunt: die hier entstanden noch heute zu Herzen gehenden Zeilen eines Flüchtlings – von heute vielleicht?

„Zufluchtstätte

Ein Ruder liegt auf dem Dach.
Ein mittlerer Wind wird das
Stroh nicht wegtragen./
Im Hof für die Schaukel der Kinder sind
Pfähle eingeschlagen./
Die Post kommt zweimal hin/
wo die Briefe willkommen wären./
Den Sund hinunter kommen die Fähren./
Das Haus hat vier Türen, daraus zu fliehen.

In den finsteren Zeiten ...
Wird da auch gesungen werden?
Da wird auch gesungen werden
Von den finsteren Zeiten."
Ca. 1935

3

Nach einem dreiviertel Jahr vielleicht, nachdem „Abend der Gaukler" (Gycklarnas afton) im Fernsehen gesendet worden war,

hörte ich, dass in allen Kinos meiner Heimatstadt, vier an der Zahl, die Menschen Schlange standen, um Eintritt zu erhalten zu einem weiteren Bergman-Film - nach „Abend der Gaukler" eben.
Wieso zu einem w e i t e r e n Bergman-Film?
Begriffen hatte ich den Zusammenhang so schnell nicht. Hatte denn etwa der Film „Abend der Gaukler" und dessen mir bislang völlig unbekannter Regisseur auch diesen „garantiert wahren Kassenmagneten" gedreht?
Ach so …
„Diesmal", so einer meiner gleichaltrigen Kumpel, „geht es so richtig zur Sache, darauf könnt ihr euch verlassen. Na, ihr wisst schon, warum!"
„Leute, Leute", meinte ein anderer, „wir sind gerade mal 14, und der heiße Streifen ist ab 18!"
Kai, der sogar erst 13 Jahre auf dem Buckel hatte, war der erste, der uns an unser Kinogeheimnis erinnerte, das nur still und heimlich von uns genutzt wurde, wenn gemetzelreiche Western gezeigt wurden – freigegeben allenfalls ab 16 Jahren.
Irgendwann hatten wir durch die Stadt streifenden Jungen entdeckt, dass im Kino „Elektra", und nur dort, des Sommers stets das Fenster zur Damentoilette offenstand.
Nach Ende der Vor- und Reklamefilme, wir hörten alles mit bestgeschulten Ohren, begannen wir uns per Räuberleiter Zugang ins Klo zu verschaffen, den jüngsten und leichtesten von uns hatten wir zuletzt an den Armen gepackt und zu uns hochgezogen. Wir schlichen weiter in den abgedunkelten vollbesetzten Saal und verkrochen uns auf den noch freien Stufen.

Meine Güte! Was waren das für Bilder von beklemmender Atmosphäre einerseits, völlig ungewohnter sexueller Freizügigkeit andererseits.

Mit elf Jahren war ich von einer bildhübschen 14-jährigen Mitschülerin auf die romantischste Art, die man sich vorstellen kann, sanft, liebevoll und mit zarter Hand verführt worden. Als ich schließlich mit glühend heißem gewiss hochroten Kopf erstmals in meinem frühen Leben behutsam zwar, aber doch auch entschieden in ein unglaubliches Paradies geschubst wurde, sagte sie nur, „… na, dann brauchst du ja überhaupt noch nicht das, was dein Vater bestimmt immer in der Schlafzimmerschublade bereithält." Hatte ich verstanden, was sie meinte? Nö.

Seither hatte sich in meiner Hose sicherlich nicht allzu viel bewegt. Jetzt aber im halbdunklen Kino schwoll da wieder etwas mächtig an, und als ich mal kurz mit meinen Fingern in die Hose zu fassen wagte, spürte ich etwas Feuchtes, das sich von der Konsistenz her weniger nach Wasser, eher schon nach Hautcreme anfühlte.

Taumelnd verließ ich das Lichtspieltheater über den Hauptausgang – stolz und zuletzt doch aufrecht, als sei ich im Verlauf von etwa 90 Minuten um vier Jahre reifer geworden.

In der Nacht gelang es mir nicht einzuschlafen. Bergman also. Gunnel Lindblom und Ingrid Thulin waren mir sofort „unverwechselbare Begriffe" geworden, zumal ich mir noch an der Kinokasse das seinerzeit übliche vierseitige braunfarbene bebilderte Infoblättchen zu jedwedem Film für ein paar Groschen erstanden hatte.

Und dann der Junge im Film. War der nicht mindestens so neugierig auf jeden neuen Tag im Leben, wie ich es immer noch war?

Und der gütige alte Kellner. Bedurfte es denn in der Kommunikation zwischen ihm und seinen Gästen wirklich einer Sprache, die jemand hätte übersetzen müssen?

Im Jahr darauf schaute ich mir in unserer Landeszeitung das jeden Donnerstag aktualisierte – sogar bis Hamburg reichende – Kinoprogramm an. Dort, in der „Lupe – Filmkunsttheater Walter Kirchner", wurde die Vorführung eines Werkes Bergmans angekündigt, das auf der Berlinale 1958 mit dem Goldenen Bären ausgezeichnet worden war: „Wilde Erdbeeren" (Smultronstället). Am Freitag - gleich nach der Schule - begab ich mich per Eilzug zum Hamburger Hauptbahnhof. Von dort fuhr ich mit der U- oder S-Bahn in den mondänen Vorort Othmarschen, wo sich mein Kino in einem herrlich anzusehenden mit Reetdach gedecktem Gebäude befand.

An die Rückfahrt kann ich mich kaum erinnern, so betroffen hatte mich der Traumfilm der Träume hinterlassen, der bis heute einer meiner Lieblingskunstwerke geblieben ist.

Vermochte ich es überhaupt, dem Zug zu Hause rechtzeitig zu entsteigen? Wohl kaum.

War es nicht Husum, Schleswig oder Flensburg, wo ich eine ganze Nacht verbringen musste, um endlich meine Heimreise antreten zu können?

Eine ganze lange Nacht? Ach was. Ich fuhr doch auf dem Rücksitz eines uralten Volvos heimwärts, und die Zeit verging wie im Fluge.

4

Fünf Jahre später – von Bergman hatte ich weder etwas gehört, gelesen noch gesehen – erhielt ich von meiner Schule als Abschlussgeschenk zu meiner allergrößten Überraschung ein dreimonatiges Sprachstipendium an einer an Nord- oder Ostsee gelegenen Universität. Der wohltätige Veranlasser des Preises, mein Klassenlehrer, blieb als Sohn eines Kapitäns mit der Seefahrt stets eng verbunden.

Naja, ich wollte ohnehin endlich mehr über Bergman in Erfahrung bringen. Also wählte ich eigentlich schon selbstverständlich Schweden als Ausbildungsland aus und schrieb mich an der Uni der zweitgrößten Stadt des Landes, Göteborg, ein.

Mein Großvater tätschelte mir wie so oft jovial die Wange und sagte zum Abschied: „Und bring uns ein recht hübsches blondes Schwedenmädel mit nach Hause, mein lieber Junge!"
Ich weiß gar nicht mehr, ob ich das überhaupt versucht hatte. Denn die Chance, mich in eine Schwedin zu verlieben, waren für den ziemlich schüchternen jungen Studenten mehr als aussichtslos.
In den schwedischen Semesterferien wohnten in dem Studentenheim, in dem ich untergebracht war, Gäste aus aller Herren Länder. Meine Mitbewohner*innen, mit denen ich die Küche teilte, kamen u. a. aus Irland, Libyen, Ägypten und Palästina. Und die brachten mir immerhin bei, wie es gelingt, ein nicht nur kostengünstiges sondern auch köstliches Gericht zuzubereiten, das seither zudem zu einer meiner Lieblingsspeisen geworden ist: Gehacktes vom Rind zusammen mit Zwiebeln und Knoblauch in einer Pfanne zerkleinern und dabei schön kross anbraten lassen, dazu körnig gekochten Reis servieren.
Wenn ich mich recht erinnere, roch die Küche in der Zeit meines gesamten Aufenthaltes einzig und allein nach den genannten Ingredienzien.
Die Jungs der Mitbewohnerschaft arbeiteten zumeist bei der Bierfirma „Prips" und brachten manchmal ein paar Dosen „Mellanöl"oder „Lättöl" mit, Sorten, die nur halb so viel Alkohol oder gar weniger noch enthalten als die in Deutschland üblichen.

Der Kursus an der Uni wurde geleitet von Barbro Kollberg. Sie war die einzige Schwedin unter den Teilnehmer*innen und seit langem glücklich verheiratet. Ansonsten gab es einen von den Frauen angehimmelten Franzosen, zwei Japanerinnen, zwei oder drei Engländerinnen, einen Finnen, einen Portugiesen, eine Italienerin, zwei Kanadierinnen, einen Deutschen (also mich) sowie eine US-Amerikanerin. Auch sie war verheiratet, aber offensichtliche n i c h t glücklich. Zudem war sie Mutter dreier überaus frohgemuter Kinder.

Und in wen verliebte ich mich geradezu hoffnungslos?

Ja, raten Sie nur, liebe Leser*innen.

Ach, armer Großvater!

5

Ich hatte eigentlich gehofft, in den Göteburger Kinos zumindest hin und wann auf einen Bergman-Film zu stoßen. Denkste. Es gab direkt in Uni-Nähe tatsächlich ein Filmkunstkino namens „Smultronstället" (das Plätzchen, an dem die wilden Erdbeeren gedeihen; der Originaltitel zu „Wilde Erdbeeren").

Seit Wochen zeigte man dort Hitchcocks Thriller „Psycho" - wie in Schweden üblich im Original mit schwedischen Untertiteln.

Ich schaute mir das Werk viele Male an, überwand dabei allmählich meine Angst vor „surprise" statt „suspense" und studierte das Horrorszenarium, bis ich es auswendig konnte – im Bild vor allem, aber auch in den Sprachen Englisch und Schwedisch.

An einem Wochenende las ich in der Zeitung, dass in Oslo Bergmans Kammerspiel „Am Anfang des Lebens" (Nära livet), 1957, gezeigt werde. Per Anhalter erreichte ich die Vorführung sehr rechtzeitig.

Sonderlich beeindruckt war ich von diesem eineinhalbstündigen Aufenthalt in einer Entbindungsstation mitnichten. Um so mehr aber vom anschließenden Besuch im „Edvard-Munch-Museum".

Die Betrachtung vieler seiner mir bis dato unbekannten – dem Fantasiereich Bergmans nahestehende - Gemälde traf mein Herz ins Allertiefste, dorthin, wohin es dem zuvor erlebten Frauenfilm allenfalls für Sekunden gelungen war.

Zwei Wochen später erneut eine Anzeige: Das Kino „Röda Kvarn" in der Birger-Jarls-Gatan im Zentrum Stockholms zeigt am Sonntag, dem 14. Juli, „Das siebente Siegel" (Det sjunde insegelet), 1956/57, den Film also, über den ich an meinen wochenendlichen autodidaktischen Nordistikstudien
ganze Bücher auf Schwedisch, Englisch und Französisch verschlungen hatte ...
Hm: Der Tod also kein Teufel? Womöglich wie Goethes Mephisto sehr eigentlich Teil des Himmels, der als Antiheld die Menschen eher erweckt als einzuschüchtern, sie womöglich anstachelt, Gutes zu tun, und dem es nicht immer, aber manchmal gelingt, ihnen die Furcht vor ihrer Sterblichkeit zu nehmen?
Vielleicht. Ja, das ist schon ein Gedanke wert.

Irgendwann hörte ich davon, dass Bergman mit den Dreharbeiten zu seiner einzigen schwedisch-US-amerikanischen Kinokooperation auf der Insel Gotland beginne, zur Dreiecksgeschichte „The Touch" (Beröringen), 1970.
Erneut an einem Wochenende hatte ich Zeit und Freiheit, mich hintragen zu lassen, wonach sich meine Seele sehnte. Die in vielerlei Hinsicht exotische Insel Gotland wollte ich immer schon mal kennenlernen. Und das – heute längst aus der Mode gekommene - Trampen machte mir nach wie vor unendlich großen Spaß.
Ob ich auf Schwedens größter Insel just das Kinogenie antreffe, war natürlich sehr unwahrscheinlich.

Und dennoch kam es anders, als gedacht. Um mir einen ersten Eindruck von Gotland zu verschaffen, dafür war die Zeit dort letztendlich doch zu knapp. Aber dafür habe ich Bergman kurz kennenlernen dürfen. Er drehte gerade eine Szene, die in einem sorgsam gepflegten Garten mit vielerlei Blumen und Obstgewächsen spielte.

In einer kleinen Drehpause sprach er uns zuschauende Touristen bestens gelaunt in unterschiedlichen Sprachen an. Also wechselte er auch paar Worte auf Deutsch und Schwedisch mit mir. Was er sagte, und was ich fragte oder antwortete, ob ich überhaupt gewagt hatte, irgend etwas zu sagen, das habe ich gänzlich vergessen.

Aber der vertraute wie exotische Duft, der aus diesem Farbfilmgarten zu mir herüberströmte, den verspüre ich noch bis heute in meiner Nase.

Kurz vor Ende meiner Zeit in Schweden begebe ich mich ein letztes Mal auf eine Reise zu Bergman. Wieder Zeitung, wieder Annonce, Bergman-Kino diesmal in einem dritten Land Skandinaviens.

Ein kleines Kino in Klampenborg, einem Vorort Kopenhagens, präsentiert mir mitten im Sommer erneut ein mir durch eigene Anschauung bislang unbekanntes Meisterwerk: „Das Lächeln einer Sommernacht" (Sommarnattens leende) aus dem Jahre1955. Der Tag beginnt kühl, sodass ich mich nicht wie gewohnt in Sandalen mit erhobenem Daumen an die Europastraße stelle, sondern in Halbschuhen.

Freitag geht es wie gewohnt recht früh los, um möglichst viel – diesmal - von Dänemarks Hauptstadt zu erleben.

Ich quartiere mich dort ein in einer Jugendherberge am Hans-Christian-Andersen-Boulevard.

Etliche Jahre länger als der Bergman-Affin bin ich Hitchcock-Fan (mehr als zehn Mal hatte ich mir im größten Kino Göteborgs

„Der zerrissene Vorhang", 1965, angesehen, der teilweise auch in Kopenhagen aufgenommen worden war wie der später entstandene Agententhriller „Topas". Und eben dieser Fan orientiert sich bei seinem ersten Kopenhagen-Besuch an Drehorten der beiden Filme: am angesagten Designgeschäft „Den permanente" z. B. oder am Hotel D' Angleterre von außen wie innen.

Dann pilgere ich zum Grab von Søren Kierkegaard, dessen Hauptwerke der Elftklässler verschlungen hatte, als er noch Theologie studieren wollte.

Zu weiteren touristischen Stationen gehören – natürlich! - der Tivoli, die Dänische Porzellanmanufaktur, der Runde Turm, die riesige Filmbuchhandlung in der Floragatan, die kleine Meerjungfrau und last but not least das stets umkämpfte alternative Wohn- und Arbeitsviertel Christiania.

Sonntag endlich ein Unikum in zweierlei Hinsicht:

Erstens: Bergmans unter all seinen wenigen eher heiter gestimmten Komödien nun also diejenige, die geradezu auf überwältigende Art zu Lachtränen provoziert.

Zweitens: Ein Film, der nicht wie zu erwarten war, mit zwei sondern drei Sprachen aufwartet: Schwedisch mit dänischen Untertiteln – selbstredend. Aber dann überrascht mich, wie die schöne Eva Dahlbeck plötzlich ein Lied auf Deutsch anstimmt: „Freut euch des Lebens, solange das Lämpchen noch glüht ...".

„Im Kino gewesen. Geweint." Wie Kafka einst anmerkte.

Angenehm benommen (wenn es denn so etwas überhaupt gibt nach meinen späteren ungeschickten Versuchen, uneigennützig herumgereichten Joints etwas Positives abzugewinnen) hole ich aus der Jugendherberge meine Habseligkeiten ab.

Es ist recht heiß, und ich stehe längst auf der Fähre von Helsingør nach Helsingborg, als ich bemerke, dass ich am Hans-

Christian-Andersen-Boulevard meine Raulederschuhe vergessen habe.

Ob es an diesem Sommerabend noch sehr kühl wurde und ich die restliche Reise mit frierenden Füßen beenden musste?

Ich weiß es nicht mehr.

Eines weiß ich aber gewiss. Barfuß würde ich sogar reisen zu einem Theater, das das Leben Ingmar Bergmans – ganz im Stile von Tschechows „Drei Schwestern" - auf die Bühne brächte.

Geschrieben von wem?

Natürlich von der barfüßigen Gräfin (The barfoot Comtessa). Von wem denn sonst!? Die Kinoschönheit Ava Gardner übrigens spielte sie an der Seite von Humphrey Bogart in der Rolle eines Filmregisseurs in dem 1954 gedrehten Leinwanddrama „The Barefoot Contessa" unter der Regie von Joseph L. Mankiewics.

Zufälle gibt es nun mal in meinem Leben nicht.

Die Meerjungfrau

Sie hatte ein wenig geschlummert.

Entspannt schaute sie an ihrem Fensterplatz in die weiße Landschaft aus Wolken. Sie dachte an einen der Zeitungsartikel, den sie vorhin gelesen hatte. Berichtet wurde darin über einen Genforscher, der behauptet, schon heute sei feststellbar, dass es tendenziell mehr weibliche als männliche Menschen gebe. Sie gab sich alle Mühe, aber es gelang ihr nicht, sich an die Begründung zu erinnern.

Merkwürdig. Womöglich deshalb nicht, weil sie sich eine Welt „tendenziell" ohne Männer nicht vorstellen konnte geschweige denn wollte! Der Gedanke allerdings, dass die Erde zuletzt von Hermaphroditen bevölkert sein würde, war ihr keineswegs unsympathisch.

Dunkel besann sie sich an einen Film von Federico Fellini, in dem ein solches Zwitterwesen vielleicht nicht gerade im Mittelpunkt stand, gleichwohl eine – zumindest für sie – wichtige Rolle spielte. Es war in dem 1969 gedrehten in der römischen Antike angesiedelten Kino-Baccanial "Fellinis Satyrikon" (Fellini Satyrikon).

Plötzlich stand die Figur als lockend freundlich lächelnd mit anmutigem Gesichtszügen völlig klar vor ihren Augen.

Ihre Lippen schwollen an.

Wie genoss sie es doch, in einem dem Himmel nahen voll besetzten Flieger die pure Lust in sich aufsteigen zu verspüren. Ihre Klitoris mit kleiner feiner Perle wuchs unvermittelt an. Sie schloss die Augen. Ihr winziger Penis mit hochempfindsamer Eichel verwandelte sich unvermittelt in einen mächtigen Phallus, der sogleich in höchster Wollust ejakulierte – einmal, zweimal, dreimal.

Sie entstieg dem Meerschaum, um ihren Bikini auf einem heißen Stein zum Trocknen zu legen. Mit zartfühlender Hand bedeckte sie Brust und Blöße mit schneeweißer Sonnencreme und suchte mit ihrer Strandmatte ein Schattenplätzchen unter einer hohen Palme. Sie verfiel sofort in einen tiefen Schlaf.

„Bonjour, Mademoiselle!"

Überrascht entdeckte sie zu ihrer Linken einen dunkelhäutigen nackten Jungen.

„Hello, my sweet mermaid!"

Ein feuerrothaariges ebenfalls splitternacktes Mädchen rückte lüstern schnalzend an ihre rechte Seite. Ihre aufgegeilte Zunge suchte von Rosannas Ohrläppchen aus über die heißroten Wangen ihre prallen Lippen. Mit Daumen und Zeigefinger berührte sie die die beinahe platzenden Zitzen, um zuletzt ihren Bauchnabel und Unterleib zu erforschen.

Der Junge hatte inzwischen ihre zittrige Hand ergriffen und führte sie an seinen Pimmel. In Sekundenschnelle richtete der sich auf zur Größe des Mittelfingers eines erwachsenen Menschen.

Sie hatte kaum Zeit, sich über das fehlende Schamhaar des kleinen Lüstlings zu wundern, da hatte er sich auch schon auf sie gelegt. So erregt er auch war, versuchte er so sanft wie möglich, in sie einzudringen, was ihm aber nicht sogleich gelang, obwohl sie geradezu in Meerschaumfeuchtigkeit schwamm. Es tat ihr weh, und sie rief „aua!". Beide schauten sich zärtlich in die Augen. Er beugte seinen Oberkörper hoch und zeigte ihr stolz sein bluttriefendes Glied.

Das Mädchen fuhr jetzt mit ihrem Zeigefinger langsam in Rosannas weit geöffnete Vagina.

Meine Güte! Welch ein Hochgenuss für den einen, die andere und die Dritte im Bunde!

Nach einer Weile fragte das Mädchen – vor lauter Erotisierung hauchend und stammelnd und wohl ohne Antwort erwartend:

„So what! Who are you realy you, my very sweet, sweet, whet, whet, whet little mermaid?!

Rosanna war unfähig, sogleich zu antworten, denn sie musste laut stöhnen, bis ihr eine Art Urschrei entfuhr. Sie beugte ihren Kopf zu dem des Mädchens hinunter, belutschte in großer Zufriedenheit dessen Ohr und haucht hinein: „Jeg elsker dej og jag heter Rosanna og jeg kommer fran København".

2

Eine blitztlichblendend beschuppte Schlange meanderte unter ihr hindurch und entpuppte sich von einem Moment zum anderen als ein Hermaphrodit in Schiefer- bis Weißgrau.

„Gehen wir jetzt zusammen, fragte das feuerrothaarige Mädchen, und darf ich auf meiner Ansichtskarte von Rom an meine Mutter auch einen Gruß von dir bestellen?"

Sie schwieg. Und den üblichen Touristenattraktionen würdigte sie nicht eines Blickes.

Vielmehr widmete sie sich im Verlauf der spiralförmigen Anflugbewegung der Easyjet-Maschine zum Flughafen Orly ihre ungeteilte Aufmerksamkeit den Straßen, Gebäuden, Plätzen am linken Seineufer wie auch der höchst brandgeschädigten Kathedrale Notre Dame. Ihr ewig verliebter Glöckner immerhin hat wohl für alle Zeiten überlebt mit seiner Esmeralda!

Im Tieferflug erkannte sie bald ihr Lieblingscafé „Les deux magots". Seit vielen Jahren war ja das ruhmreiche Etablissement rauchfrei. Gleichwohl verspürte sie die angenehmen Düfte von brühend heißem staken schwarzen Kaffee sowie den nicht minder starken Qualm von teerschwarzen filterlosen Gauloises, dem sogenannten Existentialistenfrühstück, nicht nur in ihrer Nase, sondern auch mit allen anderen Sinnen.

Ein überaus hässliches Voltaire-Gesicht hinter einem Stapel von qualmenden Tageszeitungen aus aller Welt starrte sie mit seinen schielenden Augen befremdlich begierig an.

Die prominente Frau neben ihm berührte mit Zeige- und Mittelfinger der rechten Hand Rosannas dunkelrot geschminkte Lippen und ließ freundlich lächelnd ein linkes Küsshändchen zu ihr leichtfüßig hinüberfliegen.

Rosanna setzte sich wie gewohnt an einen Fensterplatz und lauschte andächtig dem von einer Akustikgitarre begleiteten rauchig tiefstimmigen Gesang einer dunkelhaarigen von Kopf bis Fuß in einer von anthrazit-bis-tiefschwarz-gewandeten betörend hübschen Frau: „Accordeon" und „Je ne regrette rien!", auch Letzteres diesmal gesungen von Juliette Gréco und nicht von Edith Piaf.

In den Nebenstraßen der rue Voltaire wohnten einige ihre wenigen Freunde*innen. Sie schaute ihnen tief in die Augen, war sich aber unsicher, ob sie ihnen auch tief in ihre Seelen blicken durfte.

Allzu sperriger Datenschutz? Als Ehefrau ihres getrennt wohnenden schwersterkrankten Gatten, eines Meermannes, der sie noch nie berührt hatte, durfte sie von der gemeinsamen Hausärztin noch nicht einmal erfahren, ob er überhaupt noch lebt. Datenschutz, der f a s t alle privaten Geheimnisse vor Anmeldetresen Ärzte*innenpraxen, auf allen freien Märkten gar preisgibt und zugleich mitleidende Seelen ver- oder gar zerstören darf?

Sachte, sachte, sachte wagt sie es, noch einmal die Antlitze ihrer Freunde*innen zu betrachten. Darf sie das? Ja, das darf sie! In deren Wohnviertel wird sie in einer renommierten Galerie eine kleine Ausstellung eröffnen dürfen mit Fotos von Unterwassergesichtern – überwiegend in Schwarzweiß.

3

Sie wartete in der Gepäckausgabehalle. Das Band rollte und brachte stets Wiedererkanntes zum Vorschein. Es dauerte also. Umringt von Reisendes machte ihr das aber nicht allzu viel aus. Nach gut einer Stunde saß sie allein in der Halle. Nach einer weiteren Stunde verließ sie mit ihrem Boardcase fluchtartig den Flughafen, rief nach einem Taxi und ließ sich in die Innenstadt bringen. Was sollte aus ihrem Trolly werden? Sie dachte darüber kaum länger als eine Minute nach.

Na und?

„Dann bleibe ich halt nur für zwei Nächte!"

Sie zuckte mit den Achseln, spürte indes ein nicht ungewohntes Gefühl von Panik, das sich aus der Tiefe der Gedärme schwerfällig hochkroch bis zu den Haarspitzen.

Natürlich wusste sie ja, dass es viele Leute gibt, die Angst vor Menschenansammlungen haben. Bei ihr jedoch war es umgekehrt: wurde sie für längere Zeit alleingelassen – wann, wo und warum auch immer -, hätte sie genauso gut auch sterben können.

4

Eingeschlossen in einer Höhle aus Schnee, glaubte sie, am vielen Weiß zu ersticken. Womöglich musste sie erfrieren?

Über Monate hatte sich ein Gespür herausgebildet, wie lange etwas dauern würde, bis sie aus ihrer Einsamkeit erlöst werden durfte ... wenn immer auch nur für eine sehr kurze Weile.

Zu beginn des Morgengrauens flossen ihr Tränen der Freude, die sich wandelten zu solchen der Trauer während der Abenddämmerung.

Die einzige Person, die sie seit frühkindlicher Zeit liebte und von der sie geliebt wurde, war eine Frau in weißer Kleidung mit ebenso weißem Häubchen, die sie von lauter Verbandszeug befreite, um sie am ganzen Körper mit Wattestäbchen zu betupfen, was stets vom Bauchnabel nach unten ein Kribbeln auf ihrer empfindlichen Schuppenhaut verursachte. Wenn sie zuletzt mit frischen Mullbinden umwickelt wurde, begann ihre überaus fürsorgliche Betreuerin ein tröstliches Lied zu singen.

Zuletzt sprach sie wie immer davon, dass sie gewiss bald schon die Mama und den Papa wenn auch, Gott sei's geklagt, nach so unendlich langer Zeit wiedersehen werde. „Wie die sich aber freuen würden. Und du, meine Süße, ja, du erst!"

An eine Mama oder einen Papa vermochte sich indes die kleine Rosanna nicht zu erinnern. Warum sollte sie denn? Hatte sie doch Schwester Agnes.

Eltern hatte Rosanna natürlicherweise auch. Und die meldeten das spät zwar aber endlich genesene Kind zum täglichen Besuch in einem Hort an.

Nach wenigen Wochen schon erkrankte die Mutter schwerst, und Rosanna wurde in die Obhut der Großeltern väterlicherseits in Kiel gegeben.

Im Sommer Dampferfahrten nach Möltenort und Laboe, und auf längeren Wanderungen wurde sie zur Schleuse am Kaiser-Wilhelm-Kanal geschoben. Warum nur hatte sie beständig das Gefühl, den abgesenkten und hochgehobenen Schiffen nachwinken zu müssen? Aber gewiss doch: sie sehnte sich nach nach den jeweiligen Zielhäfen. Je entfernter, desto besser.

Wie jedes Jahr am letzten Abend der „Kieler Woche" spazierten sie bei Anbruch der Dunkelheit vom Hasseldiecksdammer Weg zum nahegelegenen Wilhelmsplatz, um sich wie stets vom großartigen dreistufigen Feuerwerk beeindrucken zu lassen.

Im Herbst war Drachensteigenlassen auf dem höchsten Punkt der Krusekoppel angesagt. Wie in jedem Jahr gesellten sich Onkel Ole mit ihrer gleichaltrigen Kusine Karola dazu. Der kettenrauchende Onkel nahm zuletzt seine endlich entleerte HB-Schachtel, schrieb mit seinem Postbotenkuli Grüße von den Dreien drauf und verbrachte sie geschickt im Handumdrehen an der Drachenschnur. Und wahrhaftig: die Himmelspost trat um sich kreisend sogleich ihren Weg zum lachenden Gesicht des auf und nieder flatternden gelbrot leuchtenden Flugkörpers an, begleitet von den Worten des die letzte Zigarette qualmenden Postbeamten: „Gelernt ist halt gelernt!"

In ihren frühen Jahren waren die Mädels davon überzeugt, dass der liebe Drachen lesen könne, denn warum sonst machte er wie so oft in einem besonders kunstvollen Looping eine freundliche Verbeugung des Dankes?! Aber da glaubten sie auch noch an den Osterhasen und den Weihnachtsmann.

5

Das Leben in der kleinen bescheidenen Einzimmerwohnung von der Bahnpost gestaltete sich für die kleine Rosanna winters wie sommers recht abwechslungsreich. Die kriegsversehrten Großeltern kümmerten sich rührend um ihren Sonderliebling, wie sie Rosanna nannten, das Wort „behindert" wäre nie über ihre Lippen gekommen und nicht nur deshalb, weil deren eigenen Verletzungen an Körper, Seele, und Geist gewiss ein Vielfaches ausmachte gegenüber fehlender Gehfähigkeit, umgekehrt ermöglichte Rosannas Ausstattung mit einer Fischflosse, die Pokale sämtlicher Wassersportarten serienmäßig abzuräumen.

Dienstags und Freitags begleitete das Mädchen regelmäßig den Großvater zum Wochenmarkt auf dem Exerzierplatz. Wie gewöhnlich kaufte er entweder Plötze oder Barsche, je nach

Angebot. Als preisgünstig hatte es sich erwiesen, wenn die Fische nicht vor Ort ausgenommen und entschuppt wurden, sondern erst zu Hause – wie man es ja ähnlich kennt von gepulten und ungepulten Krabben.

Als hätte die ehemalige Bäuerin Großmutter ihr ganzes Leben in einer Fischbratküche gearbeitet, hatte sie mit einem kleinen Küchenmesser wie im Handumdrehen die teilweise noch zappelnden Fische entschuppt, wobei die Schuppen wie Sägespäne weniger auf das untergelegte Zeitungspapier als munter durch die kleine Küche flogen und etliche davon im Gesicht der höchst interessiert beobachtenden Rosanna landeten. „Bin ich jetzt ein Plötz oder ein Barsch? Fragte sie die Großmutter lachend. „Wenn, dann bist du mein Goldfisch, weißte, mein Mädchen?! Nein, du bist und bleibst mein aller süßestes Goldkind, das ich habe!"

Nach zwei Fischspeisetagen in der Woche gab es jeden Freitag Reis mit ausgelassener Butter, Zucker und Zimt, ein einfaches und schnelles Essen, wie Großmutter meinte, denn Freitags war Waschtag.

Eine Waschmaschine gab es noch nicht, daher wurde die Wäsche aufwendig in einem im Keller deponierten Bottich auf die entsprechende Temperatur gebracht, gespült, ausgewrungen und aufgehängt. Damit ging der Tag herum.

Statt der Großmutter beständig zur Seite zu stehen, nahm sich der Großvater an einem Waschtag eine kurze Auszeit, schaute Stumpen rauchend aus dem offenen Wohnzimmerfenster und lauschte der Schlagermusik, die unten von Hahns Radio zu ihm hochdrang: „Die schönsten Bene hat die Marlene ...".

War es Zufall oder nicht. In dem Moment, in dem er beschwingt singend in den Refrain einfiel, betrat die ob seiner unerlaubten Auszeitnahme erboste Großmutter den Raum und fuhr ihn mit feurigen Augen an und rief: „Na warte, mein Alter, komm du mir heute Abend ins Bett!!" Was sie damit gemeint hatte, das freilich erschloss sich dem Kind mitnichten.

Großmutter war eine fromme Frau. In der ganzen Wohnung gab es nur ein einziges Buch, und das war die Bibel. Für Rosanna bedeutete das keinen Nachteil. Denn jeden Abend wusste Großmutter so anschaulich wie spannend Geschichten aus der Heiligen Schrift zu berichten, dass Rosanna gar nicht genug davon zu hören bekommen konnte. Sie beteten „Guten Abend, gute Nacht", und zuletzt sangen sie „Weißt du wie viel Sternlein stehen am blauen Himmelszelt …Weißt du, wie viel Kinder frühe Stehen aus ihrem Bettlein auf, dass sie ohne Sorg und Mühe Fröhlich sind im Tageslauf. Gott im Himmel hat an allen seine Lust, sein Wohlgefallen, Kennt auch dich und hat dich lieb"- sodass stets aufs neue Rosanna die erhabene Gewissheit verspürte, der liebe Gott habe auch ganz speziell ein behütendes Auge auf sie geworfen.

Großmutter war zudem eine begnadete Märchenerzählerin. Ihre Kunst bestand darin, Märchen nicht nur immer wieder mit kleinen Abweichungen zu erzählen, wie z. B. bei einem von Rosannas Lieblingsmärchen, „Das tapfere Schneiderlein", sondern die Art der Spannungsgebung der vermuteten „Tagesresistenz" anzupassen, sprich: machte das Kind heute einen eher empfindsamen-ängstlichen Eindruck, oder funkelten ihre Augen in einer Weise, als würde sie am liebsten selbst Bäume ausreißen wollen.
Bei beiden beliebt waren auch Kunstmärchen von Wilhelm Hauff wie „Zwerg Nase" oder Hans Christian Andersens „Der fliegende Koffer" und insbesondere „Die kleine Meerjungfrau". Konnte man es ernsthaft der alten Dame verdenken, dass sie Rosannas Lieblingsmärchen entgegen der Textwahrheit stets einem Happy End mit Prinzenhochzeit zuführte?!

Kein Sonntag verging ohne Kirchenbesuch in der evangelischen Vicelinkirche um die Ecke. Etwa eine halbe Stunde vor Gottesdienstbeginn benötigten sie fürs penible Anlegen der Festbekleidung. Zuletzt legte sich jeder einen Seidenschal um, der von Omi mit bis zu je drei Parfümspritzern benetzt wurde. Nachdem sie Großvater befragt hatte, wer denn heute predige, Plathe, Albrecht oder Dr. Camphausen, wurde die Menge des Eau du Toilette dosiert.

Großmutter wollte der wissbegierigen Rosanna nicht verraten, was es mit dieser Gewohnheit auf sich hatte mit der Begründung, gewisse Geheimnisse müsse man auch mal für sich behalten können. Großvater fand das Ritual eher schrullig als geheimhaltungsbedürftig.

Irgendwann einmal nach dem Kirchgang, Großmutter bereitete in der Küche den Sonntagsbraten vor, genehmigte er sich im Wohnzimmer zwei, drei Cognac, und sprach zu seiner Enkelin: „Weißt du Kleine, das ganze Gehabe ist ein bisschen so wie mit meinem Cognac: ein Spritzer bedeutet, die Predigt wird weniger langweilig ausfallen, zwei Spritzer – sie wird langweilig, drei Spritzer bedeuten, sie wird sooo langweilig, dass man sie nicht aushält, ohne sich mit heiligem Weihwasser zu betäuben!"

Er brach in ein Gelächter aus von einem Frohsinn, wie ihn Rosanna noch nie erlebt hatte. Gleichwohl wunderte sie sich über Großmutters lächerliche Geheimnistuerei, denn sie selbst empfand bislang alle Predigten gleichermaßen stinklangweilig.

Von Frühling bis Herbst wuchs der beengten Dienstwohnung in der Stadt eine zweite Heimstatt zu in Gottes freier Natur. Die Großeltern bewirteten als kleinen Ersatz für ihre in Pommern verlorene Landwirtschaft einen Schrebergarten etwa sechs Kilometer von der Wohnung entfernt. An jedem trockenen Tag wurden die Räder aus dem Keller geholt. Rosanna wurde auf dem Kindersitz vor der Lenkstange von Großvaters Rad platziert, und ab ging die Fahrt ins herrliche Grüne.

Das übersichtliche umzäunte Areal war Nutz- und Blumengarten, wobei die Rosen nicht weniger gepflegt wurden als die Erdbeerreihen, denn Großmutter liebte die „dankbaren Blumen" über alles.

Direkt nebenan besaßen Onkel Ole und Tante Lisbeth ihren Schrebergarten. Und manchen Sonntagnachmittag gab es dort je nach Jahreszeit Erdbeer-, Himbeer-, Zwetschgenkuchen mit Schlagsahne, die noch mit der Hand geschlagen werde musste. Ach, wie köstlich waren die Festmahle in der alten grünen Laube.

Sandkästen für die Kinder gab es schon lange nicht mehr. Dennoch gab es für Rosanna einen Lieblingsplatz vor allem im Hochsommer, und zwar in einer alten rostigen Tonne prall gefüllt mit eiskaltem Leitungswasser. Stunden konnte sie dort drinnen verbringen, und wenn sie gelegentlich länger als drei bis vier Minuten untergetaucht war, holten die besorgten Großeltern sie sofort nach oben. Sie konnten ja nichts ahnen von den kleinen, kaum sichtbaren, aber voll funktionsfähigen Kiemen.

Es war Pfingsten, der Himmel strahlend blau. Großmutter hatte es sich mit ihrer Enkelin am schattigen Rondell mit roten Pfingstrosen auf Liegestühlen bequem gemacht. Oftmals hatte Großmutter von der Zeit in der alten Heimat erzählt, von ihren Eltern und Großeltern, ihren drei Jungs, von der Landwirtschaft und der kleinen Poststelle, die sie unter Hitler erhielten.

Heute erzählte sie erstmals, wie sie Großvater kennen- und liebengelernt hatte. Sie berichtete von einer Phase der Ungewissheiten aufgrund von Begehrlichkeiten mancher Konkurrent*innen , Nebenbuhler*innen, auch von anfänglichen Bedenklichkeiten seitens der Eltern.

Mit Tränen in den Augen schildert sie, wie sie sich ohne jegliche Zögern ganz und gar beherzt das Jawort gaben.

Gerührt zieht sie ihren Ehering ab, um dem Mädchen die winzig klein eingravierte abgekürzte Formel ihres Trauspruches zu enthüllen wie eine heilige Geheiminschrift. Sie raunt von einer berühmten Botschaft des Apostels Paulus an die Gemeinde von Korinth: drei Dinge würden bleiben: Glaube, Liebe, Hoffnung, aber das Größte von ihnen sei die Liebe!

Jetzt ist auch Rosanna aufs tiefste gerührt. Immer wieder lässt sie den Ring durch ihre Finger gleiten, als handele es sich um einen höchst kostbaren geschliffenen Diamanten.

Es beginnt zu schummern, und beide wollen aufbrechen. Großmutter bittet um Rückgabe des Rings. Rosanna schaut erschrocken in ihre leeren Hände.

„Ganz ruhig, Kind den finden wir schon!" Eine halbe Stunde später meinen sie jeden Grashalm im maßgeblichen Abschnitt um- und umgedreht zu haben. Ohne Erfolg!

Großmutters Zuversicht ist heller Panik gewichen. „Stchiene, Stchiene. Wie konnte mir das nur passieren. Und wie nur wie, konntest du mir das nur antun, Mädchen?!"

Die einsetzende Dunkelheit erforderte die baldige Rückfahrt mit der Straßenbahn.

Großvater war vorzeitig nach Hause gekehrt, um dringende Post zu erledigen.

Was Rosanna jetzt erlebte, gehörte zu einem in ihrem Leben nie dagewesenen Tiefpunkt aus einer Mischung von Panik, Furcht vor Strafe, schlechtestem Gewissen, als habe sie ein schweres Verbrechen begangen, sie verfiel in einen unbekannten Seelenzustand, in den der Depression.

Großmutter hatte sich laut jammernd an die Brust Großvaters geworfen und vom Weltuntergang lamentiert.

Großvater machte sich sogleich mit seiner Taschenlampe auf den Weg in den Garten. Zwei Stunden verharrte Großmutter weinend, den Kopf in eine durchnässte Schürze gehüllt.

„Stchiene, stchiene, stchiene!!!" - was immer das auch bedeuten mochte.

Schließlich betrat Großvater das Wohnzimmer auf leisen Sohlen. „Wahrhaftig er hat ihn!!! Großer Gott, ich werde dir immer danken!"

Rosanna vernahm ein Rauschen in ihren Ohren. Zu denken vermochte sie nicht, geschweige denn verstehen. Sie verspürte ein vages Gefühl von Enttäuschtheit: Liebe zwischen Mann und Frau, zwischen Großeltern und Enkelkind scheint es nicht bedingungslos zu geben, sondern nur durch ein Pfand, einen Preis, eine Leistung, eine Gegenleistung ... als ahnte sie, was noch als Erwachsene auf sie zukommen sollte – und wenn nicht das, dann ahnte sie zumindest, dass ihr Kindheit endete. Der Schmerz war unermesslich.

Von einem Tag auf den anderen wurde sie krank. Masern. Der Arzt verordnete ihr Bettruhe. Tagelang starrte sie die Tapete an. Ohne Unterlass sehnte sie sich nach Post von ihrer Mutter, in der sie ihr mitteilte, wann sie ihr Kind endlich heimholte. Im Fieber erschien ihr die Schrift auf der Wand, in der sie ankündigte, wann sie käme und ob wir sie vom Bahnhof abholen könnten …..

Wenn das Fieber anstieg, gelang es ihr, hinter die Muster der Tapete zu schauen aufs Meer vor Bari, vor Alfamar, Concarno, und zuletzt sah sie sich verschämt und immer noch zutiefst verschreckt im Hafen von Kopenhagen.

Es war Weihnachten geworden, als der Arzt händeringend meinte, die Masern seien längst abgeklungen.

Aber gesund erscheine ihm das Kind ganz und gar nicht. Aber warum nur?

Am zweiten Weihnachtstag stand ihr Vater vor ihrem Bett. Er drückte sein Kind so fest er konnte und bat es, seine Sachen zusammenzupacken, denn er nehme es mit nach Hause.

Was mit den Großeltern sei, wollte sie wissen. Da müsse sie jetzt ganz stark sein: „Die sind nicht mehr." Es rührte sie mitnichten, gleichwohl bekam sie ein furchtbar schlechtes Gewissen.

6

Endlich zu Hause brachte der Vater Rosanna zu Bett. Anders, als sie es von der Mutter gewohnt war, legte er sie nicht in das beigestellte Kinderbett, sondern ins Elterndoppelbett, auf die linke Seite, wo die Mutter zu schlafen pflegte.

Oftmals lag sie allein im großen Bett, denn der Vater war als Marinetaucher zu regelmäßigen Nachtschichten verpflichtet. Dann weinte sie still in sich hinein in ihr viel zu großes Kopfkissen, das noch so wunderbar nach Mama duftete.

Dem Bett ihrer geliebten Mutter entstieg sie eines Morgens in dem Jahr, als sie 19 Jahre wurde. Und sie verließ das Haus für immer, kurz nachdem der Vater die Schlafzimmertür still und leise hinter sich zugezogen hatte, um den Frühdienst anzutreten.

7

Von der Fürsorglichkeit und Zuneigung der Familie praktisch befreit, war Rosanna von gleich auf jetzt auf sich alleingestellt. Das eine wie das andere musste sie suchen und finden im verbliebenen Freundeskreis und/oder auf einer Art freien Markt unter Menschen, die sie aus welchen Gründen auch immer, zu welchem Preis auch immer begehrten, denn ohne Preis kein Freud – diese bittere Erfahrung, die sie vor langer Zeit erleiden musste, hatte sie nicht nur schmerzlich, sondern durchaus auch einsichtig verinnerlicht.

Sie war es bald schon gewohnt, von jung und alt, Frau und Mann, Meerfrauen, Meermännern, Schwulen, Lesben, Transsexuellen, Asexuellen oder welcher sexueller Disposition auch immer begehrt zu werden, obwohl sie wegen ihrer Einbeinflossigkeit auf den Rollstuhl angewiesen war – oder nicht obwohl, sondern genau deswegen? Mehr noch vielleicht als weltberühmtes Fabelwesen?

Ihre Ausnahmeerscheinung verursachte gewiss Mitgefühl, aber doch mehr noch sexuelles Begehren aufgrund der berechtigten Annahme, dass man eine Frau mit einem Handicap um vieles leichter flachlegen könne als ein weibliches Wesen ohne Handicap. Zweifelsohne hegte sie den Wunsch, auch von Menschen erobert werden , die i h r gefallen. Eine Frau mit Handicap hat zumindest weniger Möglichkeit, darüber selbst zu bestimmen, von wem, wann, wie und wo sie befriedigt wird.

Anfangs wäre Rosanna niemals auf die Idee gekommen, das Freunde*innen, die Mitgefühl oder gar Mitleid für die Extravagante empfanden, darauf ausgewiesen sein könnten, leichtes Spiel mit ihr zu haben, so als müsste sie doch dankbar sein, auf noch so egomanische Art in Besitz genommen zu werden.

Die im Grunde entmündigende Rundumversorgung von klein auf hatte dazu geführt, dass Rosanna nie eine Schule, geschweige denn ein berufliche Ausbildung absolvieren musste. Ihre ganz allein auf sich gestellte Lebensgrundlage als Erwachsene wie ihr Lebensglück erwarb sie wie angedeutet dadurch, dass sie sich hingeben durfte – im Rollstuhl, darunter, daneben dahinter. Immer wieder immer wieder empfand sie es schön, zumal sie für ihre Dienste zumeist bezahlt wurde. Soweit - so gut.

Dann eines Nachts unter einer Brücke am Themseufer neben einem Feuer aus Strandgut erleidet Rosanna ihre zweite Katastrophe, um Dimensionen dramatischer als die von Großmutters „Ringparabel".

Man mag es kaum zu sagen wagen, denn es i s t unsagbar: sie wird von drei weißen und zwei farbigen Männern gefühlte 100 Male vergewaltigt und abschließend brutalst beschnitten, als sei sie eine vergessene Muslima.

Stunden bekommt sie keinen Ton heraus und vermag keine einzige Träne zu vergießen.

Dann schreit sie sich die Seele aus dem Hals.

„Agnes, wo bist du!!!!"

Der Hilfeschrei aus tiefster Seele wurde wahrhaftig erhört!

Von einem Moment auf den anderen fand sie sich in Agnes Schoß, die sie tröstete wie ein Baby.

„Sei ruhig mein Kind, ich weiß alles. Du musst dir helfen lassen, du musst eine Beschäftigung finden, die dir ein reelles wie menschenwürdiges Einkommen verschafft. Du willst doch nicht etwa die Skulptur im Kopenhagener Hafen ersetzen und darauf warten, dass dir eines Tages der Kopf abgesägt wird?!

Ich kenne eine angeblich weise Frau aus Schanghai. Sie betreibt ein Pfandhaus hier in Soho, ist eine berühmte Wahrsagerin und undurchschaubare Zauberin, wenn nicht gar Hexe. Sie heißt Tanja und sieht aus wie die altgewordene Marlene Dietrich. Womöglich kann sie dir zu zwei Beinen verhelfen. Wir haben leider keine Wahl. Wir müssen ihr vertrauen!"

Wenig später betraten Agnes und Rosanna das kleine muffige Kabuff von Tanja. Im Hintergrund erklangen leise Tangotöne von einem Pianolo.

Tanja beschwor ihre Kugel und raunte etwas von Rosannas Konturen. Sie fügte sie schnell zu einem konkreten Bild, das

Profil eines anständigen Jobs, vielleicht mehr… den Start einer großen Karriere womöglich?

Die Kugel weissagte die Rolle eines Musicalstars, Rosanna als singende und tanzende Arielle.

Das Casting hätte bereits begonnen. Gesucht wurde allerdings keine weiße sondern eine schwarze Meerjungfrau. Die Bedingung für den Job wäre allerdings, dass sie sich nicht mit schwarzer Farbe einfärbt, sondern dass sie sich vom Londoner Großmeister der Tattoos von einer weißen zu einer schwarzen Frau für alle Zeiten verwandeln lassen müsse. Der Preis, den sie für die Vermittlung wie die allerschwierigste Behandlung zahlen müsse, wäre der Verlust ihrer Stimme.

„… ich weiß", flüsterte Agnes, „bleib ganz ruhig Kleine, es klingt absurd, es gibt keine Alternative, aber der Verlust deiner Stimme ließe sich kompensieren durch Synchronisation. Bedenke, welch ungeheures Geschenk du gewinnst!"

8

Nach Wochen harter Arbeit stand Rosanna endlich auf zwei Beinen (ein Bein aus Fleisch mit einer Fußprothese und einem Holzbein), das eine so schwarz wie das andere. Von Kopf mit Locken bis Fuß: black is beauty!

Rosannas Augen funkelten vor Glück, ihr Herz ging über, getragen von nur einem einzigen Wunsch, den einzigen Menschen, den sie von ganzer Seele liebte und bis ans Ende ihrer Zeit zutiefst lieben würde, die für sie dasein würde in guten wie in schlechten Zeiten, so warmherzig und hocherotischzärtlich zu küssen und um ihre Hand anhalten zu wollen.

Genau in dem Moment, als sich ihre warmen Lippen berührten, verschwand die schöne Agnes im Nirgendwo. Rosanna verfiel sogleich in eine tief Ohnmacht, als wollte das Schicksal sie vor einem Vulkanausbruch an Traurigkeit und heilloser Verzweiflung bewahren. Sollte sie nach den Zeiten des Wohlbefindens in frühster Kindheit nunmehr von wem auch immer dazu verurteilt worden sein, durch die feuerbrünstige Hölle zu reisen? Agnes war so unvermittelt verschwunden, wie sie einst am Themseufer aufgetaucht war. Basta.

9

Viele Jahre vergingen.
Rosannas Haare waren längst ergraut. Wie so oft zog es sie an den Atlantik auf der Höhe der Bretagne. Als Badeanzug trug sie eine lange weiße Hose, die in einer Fischflosse endete.
Natürlich war es kein Zufall.
An ihrem 50. Geburtstag fand sie am Strand von St. Montpellier eine Flaschenpost. Aufgeregt fingerte sie ein Brieflein aus der Weinflasche und traute ihren Augen nicht.
In winziger Schrift las sie die wenigen Zeilen:
„Geliebtes Rosannakind! Gegen meinen erklärten Willen wurde es mir verboten, dich zu ehelichen, und ich hatte den gewissenlosen Rokko zu heiraten, den Anführer der Verbrecherbande, die dich einst so schwer misshandelt hatte. Vor Gericht wurden alle fünf wegen mangels an Beweisen freigesprochen.
Die unheimliche Alte aus Schanghai, der wir blind vertraut hatten, musste mich verhext haben. Ich empfand ungewollt aus tiefverwurzeltem Neid Freude, deine Stimme ersetzen zu dürfen, und ebenso empfand ich noch viel tiefer sitzenden Hass dir gegenüber, dass du dich zu wagen erdreistete, eine schwarzfarbene Arielle darstellen zu wollen, denn in unserer rassistischen Welt haben dänische Meerjungfrauen nun einmal weiß wie Schnee zu sein. Der verschlagenen leicht dunkelhäutigen Hexe Tanja war diese Tatsache gewisslich bewusst.

Deine verzweifelte zur Bosheit verwunschene geliebte Agnes."

10

Wie das Andersen-Märchen ausgeht?
Ist das ernsthaft eine Frage?
Rosanna löste sich in kaltem Meerschaum auf und verwandelte sich in einen Luftgeist – überraschenderweise ganz und gar zu ihrer Zufriedenheit.
Sie war nicht länger auf Flieger angewiesen, wenn ihr mal wieder danach war, ihre Lieblingsstadt Paris, die Stadt der Liebe, unvermittelt aus den Lüften aufzusuchen. Besonders gerne wandelte sie ganze Tage und Nächte auf den Spuren der fabelhaften Welt der Amélie und des jungen Pianisten vom gare du nord. Ein anderes Mal stattete sie dem café du fleur einen virtuellen Besuch ab.
Nein, die Protagonisten des Existentialismus sind längst nicht mehr darin zu finden, wohl aber der alt und grau gewordene Schauspieler Jean-Pierre Léaud, das Alter Ego von Filmregisseur François Truffaut, der sich einst so herzzerreißend die Rolle des kleinen von den Eltern vernachlässigten Antoine Doanel anverwandelte, der im Hellen wie im Dunkeln durch Paris streunte und Standbilder aus dem Kinoschaukasten stahl, erotische Bilder zu Ingmar Bergmans Kinoklassiker „Ein Sommer mit Monika".

Als Rosanna nach langen Jahren erneut Notre Dame überflog, war sie schwerlich erstaunt, dass wie einst ein Stein auf dem anderen saß.
Durfte sie ihren Augen trauen? Oben am Glockenturm winkte ihr eine bildhübsche Frau mit langen schwarzen Haaren zu. Wie war es möglich, dass sie den Luftgeist zu sichten vermochte? Ach so, wir sind ja im Märchen!

Sie bekreuzigt sich mehrmals. Das bedeutete wohl, dass Quasimodo mittlerweile verstorben sein musste.

Esmeralda ... natürlich, wer sonst, wirft Rosanna ein Kusshändchen zu und begibt sich in den Raum des Glockenspiels zurück.

Sogleich erklingt ein Liebeslied, das Rosanna vertraut ist, Heinrich Heine/Robert Schumanns romantisches Liebeslied, (Esmaralda vermochte es doch wahrhaftig mit ihrer betörenden Mezzosopranstimme das Glockenspiel zu übertönen):

> „Leise zieht durch mein Gemüt,
>   liebliches Geläute.
>   Klinge keines Frühlingslied.
>   Kling hinaus ins Weite
>
>   Zieh hinaus bis vor das Haus,
>   wo die Veilchen sprießen,
>   wenn du eine Rose schaust,
>   sag ich lass sie grüßen."

Rosanna und Esmeralda wurden ein unzertrennliches Paar. Aufgrund von Rosannas unheilbaren Versehrtheiten hätte die große Liebe selbstredend niemals über das Stadium des Platonischen hinauswachsen können – denkt ihr, liebe Leser*innen. Ihr Kleingeister! Ihr unterschätzt Rosanna und ihre profunden Kenntnisse aller guten Erzählungen und Märchen, die in Paris spielen. Besonders gut gefiel ihr eine Geschichte von einem vermögenden Grafen, der nach einem Gleitfliegerunfall an den Rollstuhl gefesselt war – für immer gelähmt von den Füßen bis zum Hals. Sein Bedürfnis nach Liebe beschränkte sich nunmehr auf das Abfassen schmachtender amouröser Verse an eine entfernte Brieffreundin. Muss erst ein schwarzer Pfleger kommen, um ihm zu offenbaren, dass es pure Erotik bis in die Ohrläppchen zu verspüren gilt?

Man muss nur wollen.

Und unsere Heldinnen Rosanna und Esmeralda, die wollten, aber wie!

Und wenn die beiden nicht gestorben sind, dann leben sie heute noch.

Mozalt

1

Waren es anfangs eine irakische und/oder eine US-amerikanische Militärkapelle oder beide, die hier unheilvoll lärmend ihren Zuhörern*innen und Zuschauer*innen einen den durch Mark und Bein sich quälenden Marsch bliesen?
Sie konnte sich nur bruchstückhaft daran erinnern.
Bilder und Töne eines aktuell tobenden Krieges verschwammen zunehmend in Groß- und Nahaufnahmen sowie brüllenden wieder vor Angst verstummenden „Lautbildungen" von ganz in Schwarz gewandeten – samt Kopftüchern – jungen dickbäuchigen offensichtlich schwangeren Frauen, die allesamt wie aufgescheuchte Raben zwischen schneeweiß bekleideten erwachsene Personen beiderlei Geschlechts durcheinanderflatterten und plötzlich die Patientinnen einer Entbindungsstation in Nordkuweit waren, die meisten noch Kinder und Jugendliche, die lichterloh brannten und/oder verbrannten und Lebensrettung erwarteten von irgendwo? Ach lass, erhofft gewiss, aber erhalten von nirgendwo.
Jedes Kind, jedes Mädchen, jede der zahllosen hochheiligen Frauen wurden ins hochofenheiße Grab geworfen mit einem noch gar nicht auf die höllische Welt gebrachten kleinen Heißzeitmenschlein im Zedernholzsarg.

Das muss man sich einmal vorstellen. Sie ersehnte, dass sie ihrem Mann und den Kindern hätte darüber viel früher zu berichten vermocht hätte. Jetzt verstarb ihr Leiden in einem von gleich auf jetzt untröstlich gemordeten unendlich langen Aus-, Auf- oder Anschrei in einem kaum fassbaren Nervenzusammenbruch.
Ach, ach, ach, hätte sie doch ihrer Familie nur von ihrem Mitleiden statt Mitfühlen berichten dürfen: die Furcht vor der

Angst, die Angst vor der Furcht. Deine posttraumatischen Belastungsstörungen seit du dich einst als 14-Jährige verbotenerweise zu einem Leinwanddrama über eine Abenteuerreise in das ihr völlig unbekannte Land namens China mindestens so neugierig und naschsüchtig wie Alice im Wunderland hattest verleiten lassen, in ein Flensburger Kino durchs Klofenster zu schleichen.

In der 89. Minute erscheint die junge hübsche Heldin auf einem Zahnarztstuhl sitzend, eine Französin. In Windeseile wird ihr ein winziger Weidenkorb ins Gesicht „geflochten". Unvermittelt überstürzt ein Urschrei den anderen in den geschockten Zuschauer*innen?

Das Gesicht der armen Frau auf der Leinwand im Großformat dreht sich nach links: eine ausgehungerte Ratte ist unermüdlich dabei, den Rest des vordem so anmutigen Näschen zu verschlingen ... Constanze verfällt ins Koma, bis es FSK-Zensurzeiten wie „Freigegeben ab 18 Jahren" längst nicht mehr gibt. Aber was hätte das damals auch genützt.

2

Welch ein grausamer Kriegsgott Mars spielt dort qua heißester Höllenbrunst gefakte und/oder reale Spielchen ungehindert weiter und weiter scheinbar nur in „umstrittenen Verhörmethoden" weiter und weiter und heiter (die Lachsalven der Kettenhunde von Abu Greit viel später und womöglich schon vergessen?)

Weiter und weiter auf der lichterlohflammenden Leiter ins Fegefeuer – nur? - sind doch die Hölle w i r , also nichts als ewiglich stets die anderen, unsere wehrhaften Großväter, Väter, Verlobten, Verliebten, Versprochenen, Liebhaber, Ehemänner, Söhne und Brüder, gute Bekannte, unbekannte Nachbarn, die in drei bis vier Eiszeitwintern dazu verurteilt sind, Babys, große und kleine Kinder, große und kleine Jugendliche, junge und alte Bräute, Ehefrauen, Mütter, Großmütter, Urgroßmütter all der Rotarmisten, die kämpfen an der gebrochenen wie dahingekotzten freundschaftlich gehassten Trennlinie des in alle Welt geheuchelten wie mit Hitlers V2s und Stalin-Orgeln geschossenen wie geschlossenen Paktes zweier Alleinherrscher.

Stante pedes verfiel Constanze um drei Uhr nachts in ein tiefes Koma, nachdem drei jeweils tausendfache Messerstiche in ihr viel zu mitleidendes Herz gestoßen worden waren – wie in monatelangen Drei-Uhr-Nacht Sekunden der „the-nighttime-is-not-the-right-time Stunden des Wolfs".

An einem frühherbstlichen Tag hatte Constanze mit ihren beiden Töchtern auf der sonnenbeschienen Terrasse verbracht. Als ihre Mutter nach einem Toilettengang so bald nicht wieder draußen erschien, begab sich ihre elfjährige Tochter Paula auf die Suche nach ihr. Nach wenigen Minuten hatte sie sie oben im Waschraum wie tot aufgefunden.
Ihr lieber Papa war ja noch im Dienst, und so rannte sie geschwinde zum Nachbarn, dem warmherzigen Arzt Dr. Buhlemann, der im Handumdrehen ein Klinikmobil aus der Nachbarstadt anforderte und als ob gleichzeitig Wiederbelebungsversuche unternahm.
Erfolgslos, leider …oh je!
„Mama wo, bist du denn nur? fragten die zwei völlig außer sich weinenden und schreienden Kinder, und „Papa, wo bleibst du denn nur jetzt, Papa? Komm endlich her!!"
Und schlimmer noch: auch die schweißtreibenden Bemühungen des Rettungsteams blieben ohne jeglichen Erfolg.
Ein Dr. Isteschwan nahm Paula und ihre jüngere Schwester Sofi fest in die Arme und forderte sie ganz fürsorglich entschieden auf, jetzt ganz und gar stark zu bleiben.

Niemand wisse im Moment, ob die Mama geheilt und wie auch immer und überhaupt zurückzubringen sei, flüsterte er und drückte die beiden noch einmal ganz fest zuletzt mit den Worten, „ach, ihr lieben Kinder, Kinder, ne oh ne"! und versuchte, gegen den eigenen Tränendrang anzukämpfen. Ob sie denn wüssten , ob und wie der Papa telefonisch zu erreichen wäre. Aber sie wussten es einfach nicht.

Nach vielen Monaten im Koma erwachte Constanze in einer Herz-Kreislaufspezialklinik nicht weit entfernt von ihrer Heimatstadt. Bücher, Konfekt, CDs, Tageszeitungen hatten sich auf ihrem Nachtisch geradezu angestapelt. Außer den Sonnenblumen, als wären sie aus van Goghs Stillleben herausgepflückt worden, rührte sie irgendwie nichts an, geschweige denn, dass sie etwas davon interessierte.
Es klopfte an der Tür, und herein trat ihre beste Freundin und Schulkollegin Hanna mit einem – na, was wohl? - einem Sonnenblumenstrauß in der einen Hand, in den kunstfertig Margeriten, Kornblumen und Klatschmohn eingeflochten waren, mit zwei, drei in Geschenkpapier und bunten Schleifen gewickelte Mitbringsel in der anderen Hand.
Darunter Siegfried Lenz' grandioses Spätwerk „Schweigeminute", eine in Leinen gebunden Jubiläumsausgabe.
Über ihren gemeinsamen norddeutsch-dänischen Lieblingsautor hatten sie in Unterrichtspausen aus großer Bewunderung immer wieder gerne einen „ausgeschnackt", wie der in den Augen der beiden Frauen landläufig stets noch allzu unterschätze Literat Lenz gesagt haben würde.
Ach Sigi: jetzt fing dann oftmals für Constanze die nächste Deutschstunde an. Hätte die denn nicht jedes mal mit dem von ihr höchstgeschätzten Roman „Deutschstunde" beginnen dürfen?!

„Un tschüs nu, näch?" wie der begnadete Schauspieler Arno Assmann in der TV-Verfilmungsrolle des nördlichsten deutschsten Schupopostens sich von seiner Familie tagtäglich zu verabschieden pflegte, um sodann heftigst in die Pedalen seines Dienstfahrrades zu treten, die Deichkrone zu erobern, letztendlich um seine Pflicht, nur seine Pflicht auszuüben, der hundertprozentige Nazianhänger, das Malverbot gegen sin beste Fründ, den im dänischen Dorf Nolde geborene Emil Jansen zu kontrollieren und dabei zusammen mit ihm paar Gläser Genever hinter die Krawatten zu gießen und zu genießen.

Assmann, zuletzt vor der Kamera als überaus sympathischer stolzer wie weiser Adliger von Stechlin am Stechlinsee, die von Theodor Fontane erfundene Figur, ein durch und durch gemischter Charakter, ein Gutmensch ähnlich dem Herrn Ribbeck auf Ribbeck im Havelland, wobei der großangelegte Roman die „Güte" nach Gutsherrenart keineswegs verplaudert.

Warum nur rührte sie Hannas liebes Geschenk zu Tränen, kannten doch beide Lenzens grandiosen Roman wie seine nicht minder beeindruckende letzte Novelle in- und auswendig?

War sie in dieser Hinsicht womöglich vergleichbar mit ihrem alten Oberstufenlehrer, dem empathischen Dr. Edward Hoop, der einst zitternd in den Extremfrostschützengräben vor Leningrad alle drei Teile von Goethes „Faust" Silbe für Silbe zutiefst verinnerlicht hatte, um als Pazifist sein junges Leben zu erhalten ...

3

In jeder Nacht um genau drei Uhr „verstarb" Constanze also nach unbeschreiblich heftigen Schmerzen.

Ein Ärzte*innenteam meinte irrtümlicherweise per Röntgenbild einen eindeutig erkennbaren Hinterwandinfarkt entdeckt zu

haben. Die frühmorgendlichen Attacken vermochte indes niemand zu erklären.
Hanna hatte ja bei einem früheren Besuch zunächst von ihrer Freundin vernachlässigte Cds vorbeigebracht mit Aufnahmen von Constanzes Lieblingskomponisten Claudio Monteverdi, Heinrich Schütz, dessen Choräle diese bei weitem harmonischer empfand als den doch gelegentlichen Krach von einem - wie sie als Laiin zu urteilen wagte - teilweise überschätzten Johann Sebastian Bach - Johann Friedrich Händel war dabei, Joseph Papa Haydn, Wolfgang Amadeus Mozart, Ludwig van Beethoven, Franz Schubert sowie Sergej Prokofjew und Dmitri Schostakowitsch.

In den 70er Jahren hatte die jetzt Sterbenskranke über den weltbekannten russischen Filmregisseur Sergej M. Eisenstein promoviert, in einer Zeit, als die siebente Kunst in allgemeinbildenden Schulen wie Universitäten noch sträflich vernachlässigt worden war ... und die Pointe dieser schmerzlichen Ignoranz davon: und zwar bis auf den heutigen Tag!

Maxim Gorki hatte einst seine „Universitäten" in den Hütten und Stuben der armen Leute gefunden.
Sie wiederum im Berliner kommunalen Filmkunstkino „Arsenal" , benannt nach dem gleichnamigen russischen Stummfilm.
Eben dort hörte und sah sie die Geschichte einer jungen russischen Lehrerin, die eines Tages ohne jegliche Vorwarnung nach ihrem ausgezeichneten Examen von ihrem Verlobten und aus ihrem Freundes*innen in Leningrad gerissen wird und ohne ihr Einverständnis in die unendlichen Welten und Kälten Sibiriens versetzt wird.
Ein Schwarzweißfilm aus dem Jahr 1931 mit dem bezeichnenden deutschen Synchrontitel „Allein" (Odna).

Die Filmmusik hatte kein geringer als Schostakowitsch komponiert.

Kein Tag geschweige denn Nacht waren seitdem vergangen, ohne dass die in eine Scheibe aus Vinyl eingebrannten mitreißenden sinfonischen Klänge aus dem kleinen Plattenspieler in ihren empfindsamen Ohren musikalisch voll- aber technisch noch monotönig aufgelegt worden war.

Jetzt hier lauschte sie zudem die ihr seit langem vertrauten eingeschweißten Töne von Schostakowitsch 7. Sinfonie, der „Leningrader".

Von deren Entstehungsgeschichte hatte sie erfahren, nachdem ihr Hanna, die die Fächer Musik und Geschichte unterrichtete, darüber mit bitteren Tränen und Vibrieren in der Stimme geschildert hatte.

So erfuhr sie, dass der Kommunist und Komponist und späterer Väterchen-Frost-Stalin-Dissident sein grandioses Meisterwerk im früheren wie heutigen Sankt Petersburg in Noten zu setzen begann in der Zeit der Belagerung der Großstadt durch die deutsche Wehrmacht – wahrscheinlich nach dem Holocaust das zweitschlimmste Großverbrechen, das deutsche Soldaten, vermutlich zumeist unfreiwillig und ganz und gar nicht überzeugt einer Millionenschar an Frauen und Kindern angetan hatten – ihre Männer, Väter. Söhne und Brüder im Soldatenrock standen ja als teils tapfere, teils schuldbeladene Rotarmisten und Politkommissare an vorderster Front und tschüs näch?

Immer geraten längst betagtes Gesagtes in Constanzes tiefstböseste Alpträume , sag's noch mal, noch mal ...

Im Verlaufe von drei Wintern, den eisigsten, die Russland womöglich je erlebt hatte, sollten schuldlose Babys ....ja, bringe sie nochmals vor dein tränenüberströmtes Angesicht!!!!, Kinder, Jugendliche, jüngere wie ältere Frauen und nicht uniformierte alte

Männer durch Verhungern und Erfrieren ausgerottet werden.
Kann sich jemand eine solche Apokalypse denn heute überhaupt
noch vorstellen?
Wohl eher nicht.
Wenn überhaupt emotional durch Schostakowitschs
Zauberklänge.
Durch ein verzweigtes unterirdische Versorgungs- und
Fluchttunnelnetzwerk zu bzw. für bis auf alle Knochen
abgemagerte mit Frostbeulen allenthalben gebeutelte
Halbleichen, wurde auch unserer mutiger Tonsetzer genötigt
vielleicht, denkbar auch auf eigenen Wunsch, das beispiellose
Inferno, das es je für ein Zivilbevölkerung gegeben hat, zu
verlassen, um in relativer Ruhe sein Meisterwerk fertig zu
komponieren.
Mit einer Tasche voll von Milch, Wasser , Brot und einem Bündel
voller Noten eines fertiggestellten wie Donner ertönenden
einzigartigen Geniestreiches kehrte er freiwillig ins Zentrum der
Hölle zurück, um die „Leningrader" uraufzuführen. Geradezu
frenetisch wird er dafür gefeiert.
Kann denn wer erklären, woher all die weinenden Menschen die
Kraft erhielten, mit ihren bis auf die Knochen erfrorenen
Händen zu applaudieren?
War es tatsächlich so, dass im Schicksal der tagtäglich weniger
werdenden Überlebenden noch einmal deren tiefe Trauer
getröstet worden war?
Wer hat wiederum die Kraft der Vorstellung, einen solchen
Kanonen übertönenden Paukenschlag unseren Nachfahren ins
Verstehen zu bewegen?

Kollektiv betraft werden sollten die von den Faschisten als
jüdische Bolschewistenschweine bezeichneten russischen
Menschen für deren erlogene vorgebliche tiefsitzende
Boshaftigkeit!

Später haben die britischen und amerikanischen Besatzungs-administrationen mit ihrer Kollektivschuldthese diesen Rassismus billig-böse nachzuahmen sich bemüht und u. a. die Zivilbevölkerung von Hamburg und Dresden mit Brandbomben überschüttet: u n s c h u l d i g e Kleinstkinder – kann es die überhaupt geben?

Für die Piloten offenbar nicht sowenig wie vor ihnen für den teutonischen erzkatholischen Patriarchen im mittelalterlichen Jerusalem, wo er das gnadenlose Verbrennen von gerade erst geborenen Winzlingen bei lebendigem Leibe praktiziert hatte, weil vermeintlich andersgläubiges böses Blut in ihren kleinen angstzitterden Äderchen pulsierte – ein grauenhaftes Verbrechen aus religiösem Wahn, wie es uns Lessing mit seinem Aufklärungsstück „Nathan der Weise" veranschaulicht. Ein Akt großer Unmenschlichkeit wie er uns sehr ähnlich auch von Eisenstein vor Augen und Ohren geführt wird durch sein erstes Tonfilmmeisterwerk mit der von Prokofjew unterlegten Filmkantate, „Alexander Newski" nämlich, ein Leinwanddrama, das uns Nachfahren bis heute zu erschüttern vermag: Mitglieder des andere Länder überfallenden Deutschen Ritterordens übergeben doch wahrhaftig ohne mit der Wimper zu zucken zitternde brüllende russische „Brut" dem Flammentod.

Schrie da nicht wenigstens einmal im Reich der Krone der Schöpfung ein tiefer roter Himmel auf, und zwar laut und vernehmlich: „Mein Gott, mein Gott, warum hast du mich verlassen?"

Sie berauschte sich an der Vorstellung, wie die Schauspieler*innen des von Lee Strassberg gegründeten New Yorker Actor's-Studios gleichermaßen sich die Wesen von Guten wie Bösen einzuverleiben zu vermögen.

Und wie ein Heureka schlug ein Blitz der Erkenntnis in ihr gemartertes Hirn. I h r Leiden musste etwas mit Relativierung von Leiden zu tun haben! Am Kreuze zu hängen wie Jesu Menschensohn o h n e sterben zu müssen?

Sie lauschte andächtig Heinrich Schützens „Musicala ad chorum sanctum". Ach, wie sehr sie sich doch erfreuen konnte am Funkeln dieses klingenden singenden Juwels des humanen-harmonischen Gesanges, der Steinen zu zum Weinen verhilft am Himmel aller Künste.

Eines Nachts gegen wie gewohnt um drei Uhr blieben sie aus, die mordbrennenden Messerstöße. Sie erspürte somit in ihrem Wahn aus Mitgefühl u n d Miterleiden, dass ihre eigene unerklärliche Not vergleichsweise zumindest Peanuts waren. Erneut standen Götter*innen in Weiß vor einem unlösbaren Rätsel. Die Patientin erahnte immerhin eine m ö g l i c h e Lösung: nur Menschen mit einem allzu hohen Grad an Empathie werden wie all die in den Vietnamkrieg gezwungen blutjungen GIs von dieser Abart der Prinzmetal-Angina kollektiv bestraft.

4

Im Spätherbst besuchte die Wundergeheilte zusammen mit ihrer Mutter, Paulinchen und Sofichen sowie Hanna im Staatstheater zu Eisenach die überaus gelungene Inszenierung – wie Hanna bemerkte – von Mozarts früher Oper „Die Gärtnerin aus Liebe". Eine kleine Schar von aus ihrer Heimatstadt angereisten Kollegen*innen begrüßten das Quartett überaus freundlich. Verständlicherweise ganz besonders die rekonvaleszierende Kollegin, der vom Kultusministerium gestattet worden war, ein halbes Schuljahr lang vom Dienst befreit zu werden, und was Constanze als Geschenk empfand – sehr wohl passend zu Leporellos Worten und Mozarts Melodie: „Kann wieder tanzen, hüpfen, springen, tanzen und singen" und wie es der soeben von seinen Liebeskümmernissen befreite Heldentenor zum Heulen schön zum Ausdruck gebracht hatte ...

5

Am 24. Dezember, Paulinchens zwölfter Geburtstag, wurde das liebe Mädchen von seinen Eltern mit Eintrittskarten für einen Besuch zu Willibald Humperdings hinreißendem Singspiel „Hänsel und Gretel" in der Kasseler Staatsoper für die gesamte Familie beschenkt.

Wer partout nicht mitreisen wollte, war die siebenjährige mal willensstarke, mal starrköpfige Sofi.

„Immer wollt ihr mich in langweilige Kirchen mit noch schlafmützigerem Orgelgedudel schleifen. Und jetzt auch noch inne olle Oper, nee Leute, nicht mit mir. Da spiele ich doch lieber selbst mein eigenes spannendes Heimtheater „Super Mario", kling, klang, kling, klang, hi, hi, hi ..."

Wann hatte Frau Holle zuletzt so kräftig ihre Betten ausgeschüttelt wie heute? Zum wiederholten Male trällerten die Großen und Kurzen (Sofi hatte zuletzt doch noch ihren Widerstand gegen die Reise aufgegeben) „Schneeglöckchen klingelingeling", als sie mit ihrem Fiat auf der Höhe von Melsungen in einen Stau gerieten, nicht verkehrs-, sondern wetterbedingt.

Das klangklingende Märchen hatte längst begonnen, als sie die Empore erreichten. Eine Platzanweiserin rief ihnen entgegen: „Bedauere, ich darf Sie und euch erst in der Pause hineinlassen." Darauf die schnippisch-freche Göre Sofi: „Nö, das geht ja gar nicht! W i r können doch nichts zu dem blöden Schnee, und außerdem hat meine Schwester heute Geburtstag."

Die Dame in der schwarzen Kittelschürze legte den Zeigefinger an den Mund und flüsterte:,, Na, da wollen wir gerade mal noch Gnade vor Recht ergehen lassen. Zeigt mir mal eure Karten."

„Wenn die Not am größten ist, ist Gottes Hilfe Euch am nächsten ..."

„Ruhe da unten!" Alles drehte sich um, und sogar das Geschwisterpaar auf der Bühne winkte ihr kusshandwerfend dankbar zu.
Sofi war empört über laut tuschelnde ungezogener Kinder, und wenn schon, dann wollte sie eben auch und nur der Musik lauschen. Das fanden das Männchen, das ihm Walde steht, wie auch der kleine Sandmann überhaupt nicht anders ...

Constanze fühlte sich an ihren ersten Opernbesuch erinnert. Im fünften Schuljahr war sie mit Lehrer Stampa und allen anderen Mitschülern*innen aus acht Jahrgängen in der Volksschule im beschaulichen Dorf Niehuus direkt an der dänischen Grenze zum alljährlichen Weihnachtsstück ins Flensburger Theater gefahren zur Vertonung und Dramatisierung ihres momentanen Lieblingsbilderbuches, nämlich „Peterchens Mondfahrt" am 15. Dezember.
Kaum hatten sie im Reisebus auf eisglatter Straße die Stadtgrenze erreicht, rutschte eine Autofahrerin in die linke Frontseite des Busses.
Alle schrien natürlich, aber außer großen Schrecken war niemand der Businsassen*innen körperlich etwas zugestoßen. Die arme junge Frau hatte in einer Zeit, als es weder Anschnallgurte geschweige denn Airbags gab, große blutige Schnittwunden durch die splitternd-knallgeplatze Frontscheibe erlitten. Lehrer Stampa , seine Frau und die großen Mädels waren zu ihr geeilt, um ihr mit

lauter Tempotaschentüchern erste Hilfe zu leisten und sie zu beruhigen und zu trösten.

Constanze selbst hatte nicht ein einziges Mal hinzusehen vermocht, aber niemand hatte Sinn, einfach weiterzufahren, um den Anfang des Stückes nicht zu verpassen.

Nach Ende der Aufführung winkten die kleinen wie großen Darsteller*innen mit einem großen Plakat, auf dem zu lesen stand ein einziger Trostsatz: „Nur noch 9 Tage!".

Ach, wie nur wie wurde ihre tagtägliche Vorfreude aufs Fest geweckt, um sogleich erneut in einen Schreckensgraben gestoßen zu werden. Ihr kleiner Bruder Ralli vom Erstklässler-Kleingemüse, wie ihr Lehrer zu sagen pflegte, war verschwunden. Im gesamte Gebäude wurde von allen intensiv nach ihm gesucht, die fürsorgliche Schwester aber nach zehn Minuten von einem Weinkrampf erfasst und von allen summenden Mitschülerinnen mitfühlend besänftigt.

Die Jungs wiederum hatten den kleinen Ausreißer wenige Minuten später hinter der Bühne ausfindig machen können. Mit erstickter Stimme gestand er, dass er doch bloß Anneliese und Peterchen fragen wollte, ob sie ihn denn das nächste mal mitreisen lassen würden in der Rakete zum Mond, und sie hätten ihm das auch ganz fest versprochen.

6

Nach ihrer 2. Verehelichung schenkte sie dem Kostümfundus des Opernhauses in Kassel ihr Brautkleid.

Die verantwortlichen Damen und Herren revanchierten sich umgehend mit Eintrittskarten für sie und ihren Mann Otto zur nordhessischen Premiere von Prokofjews Oper „Die drei Orangen".

War es nicht genau dieser Tag gewesen, seit sie nie wieder an Zufälle glaubten, sehr wohl aber weiterhin und nachhaltig an Wunder?

7

In etwa 15 Jahre später wollte Constanze kurz vor Pfingsten, dem lieblichen Fest, wie es in Goethes „Reinecke Fuchs" so schön heißt, Obstbäume von toten Ästen befreien. An den letzten, einem uralten von dichtem Efeu umrankten Apfelbaum, legte sie die Leiter an. Ein paar Stufen nur hatte sie erklommen, als das oberste saftreiche Efeugeflecht durch die letzte Sprosse zerdrückt wurde und ein schmierfettähnlicher Schleim die Leiter ins leichte Rutschen brachte, die Hobbygärtnerin wiederum von sich schmiss auf den feuchten Rasen. Schmerzen freilich hatte sie keineswegs.

Im Schockraum der hiesigen Unfallstation wurde ein hochkomplizierter offener Trümmerbruch diagnostiziert, der vor etwa zehn Jahren höchst wahrscheinlich noch nicht ohne Amputation hätte geheilt werden können – so das Urteil des besorgten Ärzte*innenteams.
Und wenn sie nun erneut in den unheilvollen schwarzen Graben geworfen worden war und von den Raben gefressen würde?

Wegen einer hochgefährlichen Wundheilstörung wurde das Beinchen der Maikäferin im heimischen Klinikum zwar nicht „wiederbelebt", wohl aber in einer bayrischen Spezialklinik.
Drei Jahr später ließ ihre Unfallversicherung von einem Gutachter aus Hamburg verbleibende Verletzungen einschätzen.
Eine zehnprozentige Funktionseinschränkung des oberen Sprunggelenkes blieb zu beklagen, und das entgalt die Versicherung mit einem schweren Klumpen Gold!

In einem milden gleichwohl südoststürmischen Januar radelte sie wie eine der drei heiligen Königinnen, der schwarzen Kasparin, nach München. Paulinchen hatte ein Paulchen zur Welt gebracht. Zwei, drei Tage und Nächte schwang sie dort in ihren Armen den winzigen Erdenbürger schiffschaukelartig in Höhen wie Tiefen zu den Klängen von Cherobins „Sagt mir ihr Frauen, die ihr es doch wisst, was denn, was denn waharwahre Liebe ist" aus „Figaros Hochzeit" und d a s Lied des noch nicht vögelnden Vogelfängers schlechthin: „Ein Mädchen oder Weibchen, wünscht Papageno sich, o so ein sanftes Täubchen wär Seligkeit für mich. (…) küsst es mich auf den Mund, so werde ich sogleich wieder gesund!" … oder so ungefähr … begleitet von Constanzes beständigen wie unnötigen Bemühungen, alle Aufmerksamkeit des glücklich lächelnden Kleinstkindes auf die Gesangsbegleitung mit ihrer Altstimme zu lenken: „Hör mal, Mozalt, Mozalt! Hörst du? Mozalt!"

Zurück daheim sind plötzlich wie nachhaltig alle schmerzhaften Beeinträchtigung von ihrem Bein verschwunden.

Vier, fünf Tage vor Paulchens drittem Geburtstag ruft sie ihr geliebtes Enkelkind an, um anzufragen, was es sich zum Wiegenfeste wünsche. Es antwortet: „Von Omi Schanze wünsch ich mir, das du herkommst, und ich mit dir tanze, und du mich in den Himmel wirfst bis zu Mond, Sonne und liebe Sterne. und du mir Mozalt singst …".
Wenige Minuten später hatte sie ihre Tochter am Hörer und teilte ihr mit, wie sehr sie sich darüber freue, dass sie und Knut den damaligen ausgelassenen Singesangetanz gelegentlich wieder ins Gedächtnis der kleinen Maus gezaubert hätten.

Und dann fährt ihr – zum wievielten Male? - ein gehöriger Schrecken durch Mark und Bein, als Paula ganz ehrlich antwortet: „Nö, Knut arbeitet sich doch als Arzt noch zu Tode, und ich, sei mir nicht böse Mama, kann mich gar nicht mehr daran erinnern."

Wie bei Erich Kästner rühren sie und Otto in den Tassen, und können a u c h dieses Wunder nicht wirklich fassen.

„Ich bin eine Dänemarkerin", sagt die kecke junge attraktive Nadja Tiller zum nicht minder attraktiven Hans-Jörg Felmi im westdeutschen Wiederaufbaufilm „Wir Wunderkinder"

I. Vedersø, oder Sie bekamen die Fähre nicht

1

In Zeiten des Schwarzweißfernsehens war ich für ein Wochenende wieder einmal zu Besuch bei meinen Großeltern in der grauen Stadt am Meer.

Mein Großvater liebte seine Tageszeitung, mehr noch schätze er es, fernzusehen.

Wir schauten uns eines Abends, Großmutter war bereits zu Bett gegangen, einen Schwarzweißfilm an, und zwar von einer Art, die Großvater wohl eher vertraut war, wie ich sie aber noch nie gesehen hatte - ein stummfilmähnliches Werk ohne Untertitel aber spärlichen Dialogen, also immerhin mit Ton. Bis heute habe ich das Läuten einer kleinen Glocke im Ohr. Ein Fährmann hatte an ihrem Strang gezogen und legte nun ab vom Kai in einem Boot mit einer Ladung blutleerer Leichen, um sie ans jenseitige Ufer zu befördern.

Blutleer?

Die Toten waren Opfer geworden von einer Herde quicklebendiger blutrünstiger Wesen!

Das Leinwanddrama, das Großvater und mich schwer zu beeindrucken vermochte, heißt „Vampir – Der Traum des Allan Gray" (= Orginaltitel), eine dänisch-deutsche Kooperation von 1933 und stammt von Carl Theodor Dreyer, dem dänischen Meisterregisseur, wie es in unserer Fernsehzeitung anerkennend hieß. Mehr wusste ich von einem der ganz großen Pioniere des Weltkinos damals noch nicht.

Zwei, drei Jahre später, ich war längst Filmfan geworden, las ich
in den beiden Fachzeitschriften, die ich abonniert hatte, die
Vorschauen für das Osterfernsehprogramm.

In der Münchner „Filmkritik", deren Redaktion manche meiner
ersten Lehrmeister in der Betrachtung und Beurteilung von
Werken der siebten Kunst angehörten, wurden alle Filme recht
übersichtlich mit Punkten von null (sehr schlecht) bis fünf
(ausgezeichnet) bewertet.

Einer der wenigen Filme, wenn nicht gar der einzige, der uns
Leser*innen mit fünf Punkten empfohlen wurde, trägt den Titel
„Das Wort" (Ordet), inszeniert von eben jenem Carl Theodor
Dreyer.

In „Film" aus Velber schrieb Klaus Eder einen Artikel über
diesen Film unter der Überschrift „Sujet für Ostern" so
überzeugend,   dass   ich   nach   Abschluss   der   Lektüre
unerschütterlich wusste: ein Ostern ohne das Sujet für Ostern zu
erleben, kann und wird es nicht geben.

War es nicht sogar zum wiederholten Male, dass meine Mutter
mich kurz vor den Feiertagen ansprach mit den Worten: „Na, da
werden sich Oma und Opa aber freuen, wenn wir wieder
gemeinsam   unseren   Osterspaziergang   zum   Kirchlein   von
Schobüll unternehmen"?!

Ich druckste irgendwie herum. Schließlich liebte ich die
Großeltern über alles. Und die Ausflüge mit ihnen - gab es denn
etwas Schöneres? Als wir Kinder noch an den Osterhasen
glaubten und stets fassungslos aufs erneute kleine grüne Nester
mit süßen Köstlichkeiten beim Suchen-und-Finden-Ritual
entdeckten, da freuten wir uns daran wie andere Kinder auch.

Aber das traditionelle Suchen-und Finden-Ritual während der Wanderungen durch eine einzigartig duftende zwielichtig schimmernde Wald-und-Heide-Landschaft hinüber zum anheimelnden Friesendorf hatte etwas Festliches zu eigen, das sich vielleicht nur mit Weihnachten vergleichen lässt.

Zuletzt sagte ich hastig, zugleich etwas stotternd zu meiner Mutter: „Ich kann diesmal leider nicht mitreisen, liebe Mutti. Gerade an den Feiertagen gibt es einen dänischen Spielfilm auf dem Ersten, den ich mir hier unbedingt in Ruhe anschauen muss."

Meine Mutter kannte ihren filmbegeisterten Jungen bereits recht gut, denn sie reagierte auf meine Entscheidung mit den verständnisvollen Worten: „Na, schade. Aber nächstes Jahr bist du ja bestimmt wieder dabei."

„Das Wort", Dreyers 1955 eingespielter wohl berühmtester Tonfilm beruht auf dem 1932 veröffentlichten gleichnamigen Bühnenstück des dänischen Pfarrers Kai Munk. Der Titel des Theater- und Leinwanddramas bezieht sich auf den Bibelvers „Im Anfang war das Wort", Johannes 1, 1.

Erzählt wird die Geschichte zweier an der Westküste Jütlands lebender Familien in der Zeit um 1925, denen es lange Zeit nicht so recht gelingt zueinanderfinden.

Anlässe, Gründe dieser Unfähigkeit erscheinen wie ein Abbild heutiger Zwistigkeiten, denn die Dorfoberhäupter sind sich, schlimmer noch als Don Camillo und Beppone, spinnefeind wegen scheinbar ewiger Glaubensunterschiede. Beide bekennen sich zwar zum protestantischen Christentum, aber jeder spricht dem anderen ab, ein w a h r e r Gläubiger zu sein. Dreyer selbst im übrigen, ein spiritueller Christ, verstand sich zudem als Kritiker der Institution Kirche.

Zurück zum Inhalt. Ein alter Sturkopf, der reiche Bauer Morten Borgen, fühlt sich nach patriarchalischer Sitte für Wohl und Wehe seiner Nachkommen verpflichtet, wenn es sein muss mit laut erhobener Stimme. Er waltet über drei erwachsene Söhne von durchaus gemischten Charakteren, eine liebevolle gütige Schwiegertochter und zwei Enkel. Oberhaupt wiederum dieser kleinen Familie ist Sohn Mikkel, im Unterschied zu seiner Frau Inger zur Gläubigkeit kaum mächtig.

Der Jüngste, mit Namen Anders, hält sehr zum Christentum, sei es auch nur aus Pragmatismus oder gar Opportunismus, will er doch Anne, die Tochter des ziemlich ärmlichen Schneiders Peter Petersen, einem Sektierer, ehelichen. Der wird einen Teufel tun, dem jungen Paar den Segen zu erteilen, solange der womöglich künftige Schwiegervater seines Kindes sich nicht zum „richtigen" Christentum bekenne. Genauso lehnt auch Morten, trotz Interventionsversuchen von Seiten Ingers, die Verheiratung von Anders mit der Erwählten rigoros ab.

Mortens dritter Sohn heißt Johannes. Er wollte Theologe werden, hatte aber, wie man munkelt, während des Studiums der Schriften Søren Kierkegaards seinen Verstand verloren und glaubt nunmehr, selbst Christus zu sein. Tatsächlich schleicht er tagsüber und manchmal sogar nächtens mit einem Stöckchen quasi als Segensstab durch die Dünen, um zumindest Fauna und Flora zum rechten Glauben zu bekehren.

Inger bereitet sich auf die Geburt ihres dritten Kindes vor. Der behandelnde Arzt gibt aber diesem keine Überlebenschance und nimmt zum Schutz der Mutter eine Abtreibung vor.
Kaum hat er das Haus verlassen, verstirbt zur unermesslichen Verzweiflung ihrer Angehörigen Inger selbst.

In einem Moment allergrößter Not verschwindet Johannes spurlos. Zuvor hatte er den Tod seiner Schwägerin vorausgesagt. Inger liegt aufgebahrt in ihrem Zimmer. Die Beerdigung wird vorbereitet. Jetzt erscheint auch die Schneiderfamilie, um zu kondolieren. Der Schneider und der Bauer versöhnen sich im Angesicht der einst stets um gütliche Einigung bemühten verstorbenen Inger.

Mittlerweile hat auch Johannes den Weg aus seiner Einsiedelei im Nirgendwo nach Hause gefunden. Eindringlich fordert er seine Familie auf, sich endlich aufrichtig zur Botschaft Jesu zu bekennen. Dann und nur dann könne er Inga wiedererwecken. Ob ihm wohl jemand glaubt? Es ist seine Nichte, noch ein kleines Kind, das seine Hand erfasst und ihn aus vollstem Herzen bittet, die Mama zu heilen.
Johannes gibt ein Zeichen – und wahrhaftig: seine Schwägerin kehrt in die Lebendigkeit zurück und ihr Mann – wie nebenbei – in demütige Frömmigkeit.

Optisch ist das Leinwanddrama geprägt von seinen außergewöhnlich langen Plansequenzen mit etwas über 100 Einstellungen von einer Dauer bis zu sieben Minuten.
Diese „Langsamkeit" - geschickter vielleicht formuliert: dieses Tempo, dieser Rhythmus einem Stummfilm ähnlich entsprechen ganz und gar der geschilderten tiefgreifenden Innigkeit des Familiendramas wie auch der des Lebens auf dem dänischen Dorf noch im Pferdezeitalter zu Beginn der Elektrifizierung.
Als sehr passend zu dieser Dramaturgie erweisen sich die Einstellungen überwiegend von Halbtotalen, die sich zum Schluss hin zu Nah- und Großaufnahmen bewegen, um uns Zuschauer*innen höchst mitleidvollen Menschen sozusagen in der Nachfolge des mit schwerem Kreuz beladenden Jesu auf

seinem Schmerzensgang zum Gipfel des Golgatanberges über die Augen tief in deren Seelen blicken zu lassen.

Am überzeugendsten vermutlich gelang Dreyer diese kammerspielartige Kunst der filmischen Tiefenpsychologie in seinem Stummfilmmeisterwerk „Die Passion der Jungfrau von Orléans" (La Passion de Jeanne d'Arc), das in der Liste der seit 60 Jahren erhobenen Umfragen unter Kinoexperten nach den zehn besten Filmen aller Zeiten bislang noch nie gefehlt hat.

Die Lichtsetzung ihres Regisseurs kommentierte später einmal die Darstellerin der Inger, die berühmte dänische Schauspielerin Brigitte Federspiel, recht überzeugend mit den Worten: „Belichtung war seine große Gabe, und er malte sie mit Expertise. Er schärfte das Licht so kunstvoll, wie es ein Bildhauer oder Maler machen würde."

Und der geniale französische Leinwandregisseur François Truffaut hatte gewisslich Recht, wenn er in seinem Artikel „Carl Theodor Dreyers Weiß" im Ende der 70er Jahre erschienen Buch „Die Filme meines Lebens" (Les films de ma vie) eher feststellte als behauptete, „Das Wort" sei von einer formalen Perfektion, die ins Sublime führe.

Und noch einmal völlig zu Recht war ja „Das Wort" 1956 bei den Filmfestspielen in Venedig mit dem „Goldenen Löwen" ausgezeichnet worden.

Ach, was berichte ich denn hier über mehr oder weniger interessante Hintergrunddetails, wo ich doch von meinem Ostererlebnis ganz allein vorm Fernseher erzählen wollte, allein zwar, aber nicht einsam. Emotional völlig erschlagen von dem, was ich da in über zwei Stunden über den Schirm flimmern gesehen hatte, doch irgendwie umgeben von lauter guten Mächten.

In den nachfolgende Sommerferien hatte ich mich an der Nordsee für einige Wochen in vier oder fünf der vielleicht wichtigsten Schriften Kierkegaards vertieft, ohne der Verrücktheit nahezukommen – zum Glück. Es gelang mir wohl, manche Gedankengänge eines der bedeutsamsten Vordenker des mir so vertrauten Existentialismus' nachzuvollziehen – mit großem Gewinn. Immer wieder indes stieß ich auf mir völlig unverständlich bleibende Passagen – verbandelt mit nicht minder großen Qualen.

Der letzte meiner Kierkegaard-Bände, „Entweder – oder" (Enten-eller), erschienen 1843, war ins Regal zurückgestellt, da wanderte ich gefühlte Stunden und Tage ziellos wie Rilkes Tiger im einzigen Käfig des „Jardin du Luxembourg" inmitten von Paris durchs Wohnzimmer .

Zuletzt beschloss ich, auch die Werke meiner momentanen Lieblingsautoren, Sartre und Camus, bei Seite zu legen und die Lektüre der vor längerer Zeit begonnenen Schriften Bonhoeffers, Barts, Bultmanns und vor allem Paul Tillichs ernsthafter als bislang fortzusetzen.

Ich wollte entweder ..., nein vielmehr musste ich Theologie studieren! Oder?

3

„Gertrud", nach dem gleichnamigen Theaterstück des schwedischen Dramatikers Hjalmar Söderberg, ist Dreyers letztes Kinowerk, das 1964 in Paris uraufgeführt wurde.

Begleitet wurde die Vorstellung von Buhrufen, und viele Zuschauer*innen verließen den Saal vorzeitig. Das Publikum sei schockiert gewesen von der als provokant empfundenen statisch-spannungslosen Bühnenhaftigkeit der Übertragung des Schauspiels auf die Leinwand mit äußerst wenigen Einstellungen ohne Groß- geschweige denn Detailaufnahmen, wie es in der Presse hieß.

Dreyer verzichtete selbsterklärtermaßen auf die nur der Kamera eigenen Möglichkeiten der Optik zugunsten der Akustik – offenbar, um die Hohlheit der Worte, die gewechselt werden, wie ein Rufen, ein Schreien gar erklingen, erschallen zu lassen.
Damals – durch die Ausstrahlung von „Das Wort" im Dreyer-Fieber – bewunderte ich dieses Alterswerk, das in den 60er und 70er Jahre deutschlandweit zum festen Programm von Walter Kirchners Filmkunstkinos „Die Lupe" gehörte, durch den Mut seines Schöpfers, das gesamte ästhetische Material der siebten Kunst in Ton und Bild auf das Allernotwendigste zu beschränken.

Gertrud, eine frühere Sängerin, ist mit dem ehrgeizigen Anwalt und Politiker Kanning verheiratet. Sie würde ihn verlassen zugunsten ihres Geliebten, des Musikers Jansson. Der jedoch lehnt ihr Angebot ab mit der Begründung, die Frau seiner Träume sei sie nun mal nicht, denn sie ist ja weder jung, rein noch unschuldig.
Ein Echo dieser brutal anmutenden Replik findet sich wiederum in Gertruds Antwort auf den Heiratsantrag des alternden Dichters Lidman, der sie schon vor ihrer Ehe geliebt habe und dies heute noch mehr als einst tue: sie würde ihn vielleicht von neuem lieben, wenn er sich um 30 Jahre jünger machen könne.
Zuletzt trennt sich Gertrud von ihrem Ehemann. Denn wenn sie ihn, wie sie glaubt, nicht wahrhaft lieben dürfe und nicht von ihm geliebt werde, bevorzugt sie es, in Einsamkeit alt zu werden. Diese Entscheidung fällt die Heldin in einem Epilog, den es bei Söderberg nicht gibt.

Was mich damals auch faszinierte an Dreyers Abgesang auf eine seelenlose Gesellschaft, die insbesondere ihren weiblichen Mitgliedern wenig Raum zur Selbstentfaltung ließ, die sich bietende spannende Vergleichsmöglichkeit mit den berühmtesten skandinavischen Kammerspielen, in denen um die Wende vom 19. zum 20. Jahrhundert Frauen im Mittelpunkt stehen, aus deren Sicht – überwiegend – die Welt samt ihren Rollenzwängen betrachtet werden, in der andere Werte dominanter erscheinen als Einfühlungsvermögen, Natürlichkeit, Herzenswärme, Sichnahesein und die womöglich alles besiegende Liebe – gemeint sind selbstredend die Dramen „Nora" (Et dukkehjem) von 1879 und „Fräulein Julie" (Fröken Julie) von 1889 von Henrik Ibsen und „Fräulein Julie" von August Strindberg.

4

1965 begann ich aus Begeisterung für die Hauptwerke von Orson Welles und Ingmar Bergman ein autodidaktisches Studium der Kinokunst.

In der Bibliothek meiner Heimatstadt gab es zwar eine qualitätvolle Filmzeitschrift und etliche Werke über das Theater, aber noch keinerlei Fachliteratur über Film. Und so sah es auch in den Büchereien in den Wohnorten der Großeltern aus – mit ein oder zwei Ausnahmen vielleicht, an die ich mich aber nicht mehr näher erinnern kann.

Filmhochschulen gab es übrigens auch noch nicht in Westdeutschland. Sie wurden erst im folgenden Jahr gegründet und dann gleich zwei auf einmal, die eine zunächst in München und die andere in Berlin. Bei letzterer wollte ich mich nach Beendigung meiner Schulzeit bewerben, traute mich aber nicht aus Angst vor der Aufnahmeprüfung. Selbst Rainer Werner Fassbinder war ja zwei Mal krachend durchgefallen.

142

Als 16-jähriger Schüler also kaufte ich mir mein erstes Filmbuch und zugleich mein erstes Buch auf Englisch, die soeben erschienene Werkmonografie „The Cinema of Orson Welles" von Peter Cowie. Sodann den Ausnahmeband der berühmten Dramenreihe „Spektakulum" mit Kinoszenarien – u. a. zu „Citizen Kane" und „Wilde Erbeeren".

Den Erwerb von Fachliteratur schloss der unersättliche Kinofan in jenem Jahr ab mit „Geschichte des Films" und „Geschichte des modernen Films", verfasst von meinen damals bedeutendsten Lehrmeistern in Sache Filmkunde, Ulrich Gregor und Enno Patalas.

Jahrzehnte später erhoffe ich mehr Wohnraum zu gewinnen, indem ich meine auf mehrere Meter im Ivar-Regal angewachsene Filmbibliothek-Bände zu verkaufen suchte. Zwei Antiquare, der eine aus Marburg, der andere aus Frankfurt, prüften meinen Schatz nicht ohne Sorgfalt. Unverkäuflich, so beider Resultat der Besichtigung.
Was die Kunden von heute eher suchen, seien illustrierte Bände über Marylin Monroe und Romy Schneider meinte der eine, aber auch über Leni Riefenstahl war sich der andere gewiss ...

Einen jungen Filmjournalisten aus dem Rheinland brachte ich schließlich zu heftigsten Schweißausbrüchen, als er dabei war, die letzten Umzugskartons mit den ihm geschenkten zum Teil recht schwergewichtigen Spezialexemplaren in sein geräumiges Auto zu verfrachten.
Drei, vier Werke über Carl Theodor Dreyer gehörten selbstredend dieser Sammlung an (ach, wie hatte ich doch einst gerade die Bände, ein dänisches darunter, geliebt!), um nun endlich wieder auf diese Ausnahmeerscheinung des skandinavischen Kinos zurückzukommen, aber auch auf die

Herren Gregor und Patalas Standardwerk „Geschichte des modernen Films".

Dieses (meine kleine Bibel) kann ich im Hinblick auf Kenntnisreichtum, Detailwissen bis hin zu durchgehender Verständlichkeit gar nicht genug loben.

Heute, da ich diese Zeilen schreibe und in dieses immer noch vielgenutze und also ausnahmsweise nicht weggegebene Handbuch hineinschaue, fällt mir im Bezug auf die Bedeutung Dreyers eine Widersprüchlichkeit der Autoren auf, die wiederum zu einer Unverständlichkeit meinerseits führt: In ihrem Vorwort schreiben die Kinoexperten: „So werden in dem vorliegenden Band solche Filme nicht behandelt, die, obwohl nach 1940 entstanden, dem ,Geist' ihrer Autoren nach einer früheren Zeit verpflichtet sind. Das gilt für das Werk der Regisseure Carl Theodor Dreyer, Fritz Lang, King Vidor, Frank Capra und Walt Diney."
Später aber erwähnen sie doch Dreyers Leinwandplädoyer gegen Hexenjagd - „Tag des Zorns" (Dies irae), das in Dänemark unter deutscher Besatzung nur unter allerstrengsten Zensurbedingungen entstehen konnte. Zudem weisen sie auf die Unterschiede hin, die sie zwischen den Darstellungen der Jeanne d'Arc bei Robert Bresson und derjenigen von Dreyer erkennen. Zuletzt beschreiben sie „Gertrud" mit immerhin fast sieben Zeilen. Und wenn sie trotz ihres eingangs gefassten Diktums diesen Film erwähnen, weil Erzählart der Emanzipationsgeschichte dieser weiblichen Hauptfigur eben nicht in die Vorweltkriegsepoche zurückwies sondern ihrer Zeit voraus sei, dann hätten sie ja genaugenommen recht – anders, als sie es vielleicht meinten.
Aber in diesem Kontext den Film „Das Wort", geschweige denn seine innewohnende Zeitlosigkeit mit keiner Silbe zu benennen, verwundert mich doch sehr, weil ich das Autorenduo wie erwähnt sehr schätze - schon aufgrund seines enzyklopädischen Wissens

und einer auf die 68er-Bewegung vorausweisenden Denkhaltung, gerade ein solches wie jedwedes Wissen ansonsten kritisch zu hinterfragen.

Meines Erachtens weist „Das Wort" mit seinem zukunftsträchtigen Blick Ähnlichkeiten auf mit „Gertrud" und vermag dennoch nachhaltiger zu wirken in seiner Modernität, seinem Vermögen, nach vorne eben wie auf Wesentliches zu schauen. Die Größe dieses Jahrhundertwerks lässt sich womöglich nur mit den besten Kinodramen eines Ingmar Bergman vergleichen.

5

Fast 40 Jahre später erhielt ich Gelegenheit, „Gertrud", Dreyers Emanzipationsvariante, ein drittes oder viertes Mal zu besichtigen.

Zusammen mit meiner zweiten Frau, zwei erwachsenen Söhnen und einer 14-jährigen Tochter mache ich im Jahre 2003 Sommerurlaub in Kroatien auf der kleinen Insel Vir bei Zadar.

Die lauen Sommerabende waren ausgefüllt mit dem Gesellschaftsspiel „Die Siedler von Catan". Fernsehen war ohne Interesse, weil uns allen ein kleines Schwarzweiß-TV-Gerät mit ausziehbarer Antenne, aufgestellt auf dem Kühlschrank in der Küche, nach einem ersten Check ausschließlich geeignet erschien für den Empfang von Programmen in Serbokroatisch.

Ich weiß nicht mehr, über welchen Weg ich entdeckte, dass „Gertrud" soeben - wohl über einen österreichischen Sender – auch in unserer televisionären Einöde ausgestrahlt wurde. Ich musste wohl für diesen Streifen von Dreyers späten wie meiner frühen Tage geschwärmt haben, dass sich in der Küche pünktlich zu Sendebeginn ein Publikum von fünf Personen einfand.

145

Ich meine mich zu erinnern, dass unsere Tochter nach etwa fünf Minuten mit den Worten „Was seid ihr denn für Spaßbremsen" den „Saal" verließ. Nur wenig später meinten die Jungs, dass sie jetzt doch schon mal rüber wollten in unsere Stammkneipe, bevor es keine Plätze mehr gäbe – auf ein Bier.

Meine Frau indes hielt tapfer durch. Nach Gertruds anscheinend resignierten und zugleich selbstbewussten Schlussworten merkte sie an, diese Frau sei irgendwie interessant, sie wirke gefangen in den damaligen Konventionen, aber sie strahle schon auch eine bewundernswerte Autonomie aus.

Andererseits, dass könne sie nicht verhehlen, komme der Film nicht so recht weg vom Fleck.

Wie Recht sie doch hatte. Im Verlauf der Übertragung war mir bewusst geworden, wie sehr dieses letzte Werk Dreyers doch gealtert war und schlichtweg angestaubt wirkte, was wiederum seinen Film „Das Wort" umso mehr erscheinen ließ als großes Kunstwerk von womöglich bleibender Strahlkraft.

Eine Sache noch vielleicht. Am Strand von Vir verschlang ich – zufällig? - einen von Henning Mankells „Wallander"- Krimis, „Die fünfte Frau" (Den femte kvinnan), der in den späten 1990er Jahren veröffentlicht worden war.

Es war das erste Buch in meinem Leben, in dem etwas bisher Unsagbares geschildert wurde: aus der Sicht einer geradezu furchterregenden kranken Seele einer Frau heraus betrachten wir das – wenn nicht berechtigte so doch verständliche – Begehren, nicht weniger furchterregende Schwerstverbrechen zu begehen, zorntobende Rache zu üben für das ihr einst von höchst brutalen Frauenschändern angetane tiefgreifende Leid.

Trotz der noch so großen Unterschiedlichkeit der fiktionalen weiblichen Figuren kam mir während der Lektüre immer wieder der Fernsehabend mit „Gertrud" in den Sinn. Im Verlauf der Lesezeit spann ohne mein Wollen, ohne mein Zutun eine geheimnisvolle Spinne einen Faden – nein, zahllose Fäden von der einen Frau zu der anderen, bis beide in einem strapazierfähigen Netzwerk miteinander verbunden waren, in dem sich auf eigentümliche Art mein sich in Sprüngen veränderndes Frauenbild spiegelte, nämlich von überkommenden Mustern hin zu einer noch diffusen und im Ergebnis unbestimmter neuen oder besser: andersartigen Eigentlichkeit.

Die #MeToo-Bewegung wird der bislang noch allzu vagen Zielrichtung der aktuellen Emanzipationsbestrebung der Frauen sehr wahrscheinlich weitere längst überfällige Orientierungshilfen bieten – trotz oder gerade wegen der zu beobachtenden Rolle rückwärts vieler Männer aufgrund verlorengegangener oder - geglaubter Machtpositionen .

6

Am 20. März 1968 höre ich frühmorgens Musik von Radio Luxemburg. Im Unterschied zu deutschen Sendern bringt dieser diejenigen Hits zu Gehör, die ich gerade liebe, täglich, wenn nicht gar stündlich: Bob Dylans „Like a rolling stone", Eric Burdans „House of the rising sun", „Yesterdayman" von den Beatles und – für mich gerade die Nummer eins- „Crimson and Clover" der Band Tommy James & The Shondells.

Plötzlich wird das Programm unterbrochen durch eine Eilmeldung: Ein Kinoregisseur von Weltrang, der Däne Carl Theodor Dreyer, sei soeben 79-jährig verstorben.

„Crimson and Clover", „Crimson and Clover" höre ich immer wieder, bis mir die Tränen kommen.

Wie konnte mir ein Mensch, der seinen Vater nie kennenlernen durfte und seine Mutter im Alter von eineinhalb Jahren verlor, wie konnte mir ein solches Waisenkind meinem Gemüte nur so nahekommen?

Hinterlassen hatte Dreyer Vorarbeiten zu einer/seiner Version des Lebens Jesu. Der dänische Dogma-Regisseur Lars von Trier hatte sich bemüht, aus diesem Projekt eine möglichst präsentable Erstversion herzustellen. Bislang ist ihm das aber nicht gelungen. Höchst wahrscheinlich schaffen es der zeitweise höchst exaltierte von Trier und der dauerhaft insichgekehrte Dreyer nicht, eine gemeinsame Sprache zu finden.

7

Es muss wohl im Jahre 1979 gewesen sein. Mein erstes Lehramtssemester war angenehm nahtlos in die Sommerferien übergegangen. Meine Frau und ich hatten beschlossen, mit unserem Sohn, der besten Freundin meiner Frau und deren Sohn, beide Kinder noch im Vorschulalter, ein Ferienhaus zu mieten im Nordwesten Jütlands, und zwar in Thyberøn, zwischen Nordsee und dem Binnengewässer Nissum Bredning gelegen.

Das flache Jütland eignet sich ja hervorragend für Touren mit dem Fahrrad. Nun bin ich aber seit meiner Jugend kaum mehr mit dem Rad unterwegs gewesen. Als junger Realschüler musste ich an jedem Schultag von unserem Dorf an der dänischen Grenze ohne Busanbindung in die nächstgelegene Stadt radeln – zehn Kilometer hin, zehn Kilometer zurück, zu allen Jahreszeiten und bei jedem Wetter.

Oftmals kam ich zu spät wegen starker Gegenwinde. Mal betrat ich den Klassenraum triefend nass vom Schweiß – im Hochsommer, mal triefend nass vom Starkregen – im Herbst und an den allerkältesten Tagen im Winter auch schon mal kaum mehr zum Frösteln fähig zu einem Schneemann erstarrt.

Dass ich zuletzt das Fahrradfahren nur noch hasste, wird wohl jede*r verstehen. Als Sommerferiengeschenk hatten mir Schüler*innen an meiner Ausbildungsschule ausgerechnet ein Fahrrad geschenkt. Oh je, was jetzt? Hatte ich denn überhaupt Lust, mich jemals wieder auf einen Drahteselsattel zu schwingen?

Aber sie hatten es doch in ihrer Freizeit in mühevollen Arbeitsstunden aus lauter Einzelteilen zusammengeschraubt. Die rechte Pedale ließ sich zwar nicht bewegen. Aber klar: dieses Unikat musste auf dem Autodach zu seiner Jungfernfahrt mit nach Dänemark!

Thyberøn ist ein beschauliches Fischerstädtchen an der nördlich gelegenen Spitze einer schmalen landzungenartigen Halbinsel. Im Hafen schaukeln kleinere und größere Fischerboote mit ihren Fangnetzen an Bord und den jeweils zahllosen Markierungsmasten, an denen knallrote und pechschwarze Fähnchen flattern .

Unsere Unterkunft liegt in den Dünen nur wenige 100 Meter vom hellsandigen Strand entfernt. Dort buddeln die beiden Jungs den ganzen Tag und bauen Sandburgen. Was in Deutschland als selbstverständliche Urlaubsbeschäftigung gilt, ist in Dänemark aus mir unerfindlichen Gründen eigentlich nicht üblich, aber auch nicht verboten. Zumal sich das Meer bei zunehmender Flut die „deutschen Festungen" stetig und mit voller Gelassenheit zurückholt, und zwar in einer Art Kreislauf.
Denn auch den beiden Jungs ist etwas Stoisches zu eigen: ähnlich wie dem sagenumwobene König Sisyphos, der ohne Unterlass einen schweren Stein den Berg hochrollt, ihn am höchsten Punkt der Erhebung zurückfallen lässt, um sein Werk sogleich von vorne zu beginnen, ist den Freunden offensichtlich nur der Weg als Prozess und nicht als robustes Ziel von Bedeutung.

Und so nähern sie sich mal den fürsorglichen Blicken ihrer Mütter, so wie sie sich selbstredend davon entfernen – bei Ebbe also.
Die Frauen haben es sich auf der Terrasse bequem gemacht mit ihren Sonnenbrillen und ihren in piratinnenart gebundenen schwarz- und rotfarbenen Kopftüchern als Schutz vor allzu prallem Sonnenschein. Sie putzen und schälen allerlei gesundes Gemüse – ganze Tage ununterbrochen, wie mir scheint. Und sie plaudern, schnattern und lachen ... ach, was haben sich die beiden allerbesten Freundinnen seit frühesten Kindertagen nicht alles zu erzählen! Weißt du noch!?

Angesichts solch eines in atmosphärischer Hinsicht aus- und abgewogenen Treibens glaubt der Fünfte in der Runde, sich mit gutem Gewissen und Fahrrad davonschleichen zu dürfen, um auf den Spuren Carl Theodor Dreyers zu rollen und sich seinen glaubensstarken wie -schwachen Charakteren so weit wie möglich anzuverwandeln.

Gen Süden radelnd auf der kleineren Landstraße 181, die zum Teil über schmalen Sandstreifen zwischen Nordsee und dem Nissum Fjord verläuft vorbei an dem im Vergleich mit Thyberøn ähnlich beschaulichen Fischerstädtchen Thorsminde erreiche ich nach ein paar Stunden das in geografischer Hinsicht zerrissene Dorf Verdersø, der Stätte von Kai Munks Wirkung und derjenigen seiner Ermordung durch die SS sowie dem wichtigsten Drehort von „Das Wort".
Apropos geografische Zerrissenheit: zuletzt nach längerer Fahrt durch einsame Dünenlandschaft erreiche ich den Ortsteil Verdersø Klit, der aus einem am rechten Straßenrand liegenden und den Dünen unmittelbar vorgelagertem rechtwinkligen Bauerngehöft aus dem vorvorigen Jahrhundert besteht – touristisch gesehen eine Augenweide: die zwei relativ flachen

Gebäudeteile gemauert aus norddeutschen-dänischen gelb-rötlichen Klinkersteinen, die Eingangtür mit kunstvoll geschreinerten und gedrechselten farbenfrohen Applikationen, die Fenster mit weißgestrichenen Holzkreuzen und einem alles bedeckenden sturmsicheren Dach aus Reet.

Im Innenhof, eingehegt durch ein ebenfalls rechtwinkliges Häuserpendent aus zwei Friesenwällen stand dereinst eine Glocke, vielleicht halb so groß wie die einer Kirche. Dieses anmutige Bauernhofensemble diente also im Jahre 1954 als Filminnen- und -außenkulisse für das heimelige, unheimliche heilige Zuhause der fiktiven Familie Borgen. Diese Glocke mit ihrer „geborgenen" Symbolhaftigkeit hatte ihren sicheren Platz im Schwarweißfilm ebenso wie noch ein viertel Jahrhundert später, als ich diese erwärmende für mich hochheilige Herberge für Mensch und Tier in der Wirklichkeit eines Farbfilms aufsuchte – von außen freilich nur. War ich doch viel zu beeindruckt und zu schüchtern, um auf die Landwirtsleute zuzugehen. Ein dem Filmmikkel ähnlich ausschauender Jungbauer schleppte doch in seinen Holzpantinen auf dem aus dicken Steinen gepflasterten Hofgrund klappernd eine mit Milch prallgefüllte Blechkanne vom Stall zum Stellplatz auf einem breiten Balken – nicht wahr? Und fütterten nicht Kinder die stets hungrigen Hühner?

Oder hatte ich das idyllische landwirtschaftliche Treiben nur scheinbar gesehen – in meinen Fantasien, Träumen oder gar längst unbewussten Erinnerungen an eines meiner großartigsten Filmerlebnisse? Womöglich war der ursprüngliche Betrieb längst gelegt, und die letzten Betreiber hatten sich nach langer, langer schwerer Arbeit schon vor Zeiten ins verdiente betreute Wohnen zurückgezogen. Wer weiß das schon.

Gerade heute, genau ein halbes Jahrhundert nach meinem Besuch des „Borgenhofes", entdecke ich in einem Ferienhauskatalog eine Abbildung eben dieses samt „günstigen" Preisangaben für den

Urlaubsaufenthalt in den altehrwürdigen Mauern von Verdersø Klit.

Ich schaue mir das hübsche Foto noch einmal genauer an. Alles an seinem Platz wie ehedem?

Nein. Die Glocke fehlt!

In Dreyers Film lassen wir uns vom alten Borgen und Sohn Anders mitnehmen in seiner Pferdedroschke hin zum südlich gelegenen Zuhause von Mortens tatsächlichen oder vermeintlichen Erzfeind Petersen. Nach wenigen Kilometern passieren wir am rechten Straßenrand ein Gedenkkreuz zu Ehren des Widerstandskämpfers Kai Munk. An dieser Stelle war er also 1944 von der SS der deutschen Besatzungsmacht kaltblütig hingerichtet wurden.

Nun nähere ich mich höchst andächtig als radelnder Aufsucher dem Stückchen blutdurchtränkter Erde und Asche, blutdurchtränkten Staubes. Ich steige zögerlich vom Rad, verneige mich spontan und voller Fremdscham. Was dort von mir zurückbleibt, ist ein stummer, vielleicht gar ewig anhaltender Schrei.

Von hier aus radele ich weiter ein paar wenige Kilometer in Richtung Osten und erreiche bald schon die Dorfmitte von Verdersø. Natürlich besichtige ich das weltberühmte Kirchlein und suche den Friedhof auf, das Grab des guten Hirten. Frische Blumen in allen Farben, dominant darunter blutrote Rosen. Vermag ich ich mich tatsächlich daran zu erinnern? Mitnichten.

Stattdessen geht mir bis heute eine Frage nicht aus dem Sinn: warum nur war es mir nicht gelungen, wenigstens eine Blume mit Dornen auf dem dänischen Golgatha zu hinterlassen?

Ein Jahr vergeht. Erneut verbringt das kleine Thyberøn-Quintett einen Teil der Sommerferien in Dänemark. Diesmal auf Seeland, der Insel der Hauptstadt Kopenhagen, und zwar an der Spitze des nordwestlichen Inselarms Due Odde, direkt an der Fähre, die Seeland mit Jütland verbindet.

Wochenlang hatte es hier wie aus Kübeln geschütteten Starkregen gegeben, sodass das sich ein verharrender Wasserstau im Kübel des Klos der Ferienhütte für mindestens zehn Tage nicht mehr ableitbar war.

Tagtägliche Beschwerdeanrufe beim dänischen Vermieter blieben ohne Erfolg – die Leute mit einem fachgerechten Entleerungsfahrzeug kämen einfach nicht mehr mit ihrer Arbeit hinterher, og mange tak!

Nach einer Woche Notdurft in der güllelastigen Natur hatten wir uns ein wenig an Sitten und Gebräuche der Wikinger gewöhnt.

Wie ich mich wiederum zuletzt an die Radpedale, die sich nicht drehen ließ, mehr oder weniger gewöhnt hatte. Einem geschenkten Gaul schaut man ja nicht ins Maul. Außerdem war meine Wanderlust, mich auch diesmal wieder im Kosmos von Dreyers Kino mir bislang noch unbekannten Drehorten nachzuspüren viel zu ungestillt, als dass ich mich von materialermüdeten und verrosteten Metallteilen hätte abhalten können, meine späte aber nicht zu späte wiedergewonnene Freude an der Beweglichkeit per Zweirad auszuleben.

Es ist der 14. Juli. Die Jungs buddeln diesmal nicht am Strand. Denn ein solcher ist hier gar nicht vorhanden. Stattdessen stromern sie über die völlig durchwässerte Wiese hinterm Ferienhaus: sie spielen Beachvolleyball, Fußball, Handball, Feder-

ball, Indiaker, Korbball, Eishockey, Rasenhockey, Baseball, Bowling, Kegeln, Boccia, Minigolf, Tennis, Tischtennis ...
Welch ein sportiver Quatsch für zwei energiereiche Jungs!!
Natürlich üben und quälen sie sich in der hier momentan einzigen Sportart, nämlich Wasserball!
Die beiden anmutigen Mütter gefallen sich in der Rolle als faire Schiedsrichterinnen: Foul!, sieben Meter!, Ecke!, Abseits! Das Tor wird gegeben!
Meine Frau ruft: „Schiebung!" und wirft die drei zuletzt geschrubbten Biomöhren höchst empört in die Wasserschüssel ...

In einer solchen wie gewohnt starkstromgeladenen aber auch angenehm entspannten Atmosphäre wagt es der einzige Mann in dieser Sippe, sich mal wieder hinauszuschleichen zu ihm unendlich erscheinenden Örtlichkeiten im Universum – oder besser: im Faszinosum? - Carl Theodor Dreyers.

Vom Ferienhaus im Klitrosevey biege ich ein in den Oddevey, der Landesstraße 21, radele gen Osten bis Lomsø. Dort wechsele ich auf die kleinere Straße Klintvey entlang Richtung Norden zwischen der Nyrup Bugt und dem Isjefjord bis nach Rørvig Sogne, ein beschauliches Städtchen an einem Fährhafen.
Die Fähre hat gerade festgemacht an der Landungsbrücke im gegenüberliegende Ort namens Hundested.

Als einziger Passagier wohl – wenn ich mich recht besinne – läute ich die bronzefarbene Hol-über-Glocke, und bald schon schippere ich hinüber nach Hundested also – nicht mehr weit entfernt vom spukenden Hamlet-Schloss Helsingør.
Plötzlich sehe ich Gespenster. Ich schaue in das tränenreiche Gesicht unserer mittlerweile gemeinsamen Freundin Sinje. Wie nur wie konnte ich sie trösten? Hatte ich mich womöglich heftigst in sie verschossen - in diese tapfere hübsche Frau und war daher

viel zu befangen um klardenkend irgendwelche guten oder unguten Geister zu beherbergen oder doch lieber mit Gebrülle zu vertreiben?

Einst hatte diese bei einem tragischen Motorradunfall von Hamburg nach Rørvig Sogne ihren über alles geliebten Freund Max verloren. Sie selbst, hochschwanger mit dem gemeinsamen Sohn Martin, hatte schwerstverletzt überlebt. Einziger schmerzlicher Trost: das Kind kam weitestgehend unverletzt auf die Welt!

Ein zweiter viel zu junger Motorradfahrer und seine Freundin hatten hier ihr Leben verloren, weil er viel zu schnell über die Straßen jagte, um noch die letzte Fähre zu ergattern. Dieser allzu waghalsige Mann ist eine fiktive Gestalt in Carl Theodors Dokumentarfilm „Sie bekamen die Fähre" (De nøende färge). Und zwar in dessen Fantasie.

In einer der Ausgaben der erwähnten Zeitschrift „Filmkritik" waren Erinnerungen bzw. Essays zu lesen darüber, wie dem 1948 in Rørvig Sogne auf die Fähre nach Hundested wartenden Meisterregisseur die Idee kam zu dem kleinen aber feinen Anti-"Easy-rider"-Thriller in Form einer etwa 11-minütigen Kurzfilmdokumentation im Auftrag des „Rates für Verkehrssicherheit", den er wenig später realisierte an der Drehortstrecke vom Fährhafen Årøsund am Kleinen Belt in Jütland nach Assens auf Westfünen, eine Verbindung, die in den 70er Jahren eingestellt worden war, und von dort weiter bis Nyborg auf Ostfünen zum Fährhafen nach Seeland.

Der Biker fragt den Kapitän, ob denn die 70 Kilometer lange Route in etwa 45 Minuten zu schaffen sei, was dieser definitiv verneint.

Was nun folgt auf der Leinwand, lässt uns Zuschauer in unseren unsicheren Kinosesseln unwillkürlich nach einem Sicherheitsgurt greifen angesichts der überdrehten Irrsinnsfahrt über Dörfer und durch Städte mit Detailaufnahmen von Rädern, Tacho, Lenkrad und einem anscheinend stoischen Pokerface-Raser, die z. T. wieder einmal an die bereits erwähnten Szenen in Hitchcocks Politthriller „Der zerrissene Vorhang" (Torn Curtain) denken lassen, namentlich an die hochdramatische rasante Fahrt eines Ostberliner Linienbusses, der von Vopos und Stasileuten verfolgt wird, um einen amerikanischen Physiker und vermeintlichen Agenten mit seiner Verlobten an der Flucht aus dem Herrschaftsbereich der DDR zu hindern.

Der rasende Motorradfahrer in Dreyers Kurzdrama stirbt wie Sinjes geliebter Freund Max. Sein Titel indes scheint widersprüchlich zu sein: „Sie bekamen die Fähre". Ist er aber nicht. Der Fährmann holt zwar über, schippert aber wie in „Vampir" in ein Reich, das nicht von dieser Welt ist.

9

Bis auf den Prä#Me.Too-Stummfilm „Du sollst deine Frau ehren" (Du skal ære din hustru) von 1925, der allein in Frankreich an der Kasse erfolgreich blieb, vermochte Dreyer mit seinen Werken kaum kommerzielle Erfolge zu verzeichnen. Die dänische Regierung, die sich insbesondere nach Ende der faschistischen deutschen Besatzerherrschaft als Förderin des dem Gemeinwohl dienenden Wohlfahrtsstaates versteht, unterstützte Dreyer nach Kräften, indem ihm unterschiedliche Behörden Aufträge zu kurzen Dokumentarfilmen erteilten, die der gutgemeinten gesellschaftspädagogischen Aufklärung der Bevölkerung nützlich sein sollte wie dem Ansehen der Regierung und nicht zuletzt der Existenzsicherung des notleidenden zweifelsohne bedeutendstem Kinomannes Dänemarks – wenn man so will – eine komfortable Win-Win-Win-Situation.

Nach Vorbild des 1942 entstandenen Dokumentarfilms „Mütterhilfe" (Mødrehjælpen) über Unterstützungsmaßnahmen vergleichbar denen des westdeutschen „Müttergenesungswerks", der ersten Zusammenarbeit zwischen Regierung und Dreyer, erteilte ihm der Staat ab 1946 weitere Aufträge zur Gestaltung von Kurzfilmdokumentationen mit erhellenden wie leicht propagandistisch angehauchten Informationen aus den Bereichen des primären Wirtschaftssektors, „Gewässer auf dem Lande" (Wandet på landet), 1947 erneut aus dem Gesundheitsbereich, „Kampf der Krebserkrankung" (Kampen mod kræften), im selben Jahr aus dem der Kirchenarchitektur, „Kirchen auf dem Lande" (Landsbykirken), 1949 aus dem der bildenden Kunst, „Thorvaldsen", 1950 aus dem der Infrastruktur, „Die Großen-Belt-Brücken" (Storstrømsbroen) und zuletzt aus dem der Historie, Landeslegende und Architektur, „Ein Schloss im Schloss – eine Krone und Kronborg" (Et slot i et slot: kronen og kronborg).

Über diese Art der Alimentierung hinaus sichert der dänische Staat sein Aushängeschild Dreyer innerhalb der siebten Kunst dadurch, dass er ihn für sein Lebenswerk auszeichnete durch Ernennung zum Leiter und Besitzer von Kopenhagens wohl bedeutsamsten Kinopalastes …
Merkwürdig.
Zu Beginn der 70er Jahre war ich mit meiner dänischen Freundin Kirsten quer durch Dänemark getrampt. Am Limfjord oben irgendwo nahm uns ein alter Däne in seinem noch viel älteren schwarzen Ford mit, der in den 20er Jahren hätte in den USA vom Band gerollt sein können direkt in die Besitznahme eines blutjungen Tramps namens Charlie Chaplin.
„Nej, nej, den här gammel Ford hade vart bilen ikke andet end af mester Carl Theodor Dreyer!"
Auf Grund meiner bescheidenen Vokabelkenntnisse in Dänisch, verstand ich immerhin, dass dieses Automobil nicht Chaplin gehörte sondern dessen dänischem Kollegen.

Kirsten nickte zustimmend ...wohl meiner unausgesprochenen Annahme gegenüber.

Unser überaus gastfreundlich Chauffeur hält in der Kleinstadt Tissted an der Nordsee direkt vor einem Kino.. Hier wohne er, und er müsse uns nun zu seinem allergrößten Bedauern aus dem Wagen werfen.

Dieses Kino, erklärt er uns zum Abschied, habe einst dem großen Dreyer gehört, und er hätte es nun geerbt. Das großherzige Dänemark hätte es Dreyer vermacht, damit der nicht hätte elendig zugrundegehen müssen ...

Der Staat hätte ihn tatsächlich mit zwei Kinos beschenkt, eines in der Hauptstadt, das andere in der abseitigen Provinz in der Nähe von Vedersø?

Oder hätte er sich durch die Einnahmen im Palast den Erwerb eines eigenen Kintopps im Jottwehde leisten können?

Will ich es denn überhaupt wissen?

Die eine Version erscheint so tröstlich wie die andere.

Und sagt nicht eine der Hauptfiguren in John Fords Leinwandklassiker, „Der Mann, der Liberty Valance erschoss" (The Man who shot Liberty Valance), den weisen Satz: „Wenn die Legende glaubhafter erscheint als die Wahrheit, nehmen wir doch lieber gleich die Legende!"

Romantische Weisheit durchströmen diese Worte so wie die Dummheit die fake news eines dem Untergang geweihten US-Präsidenten?

10

In dem Kinofilm „Babettes Fest" (Babettes gæstebud) begegnen wir nach „Das Wort" zwei der renommiertesten dänischen Darsteller*innen erneut: die bereits erwähnte Brigitte Federspiel – vormals in der Rolle der Inger, jetzt in der einer von zwei Pastorentöchtern - sowie Preben Lerdorff Rye, der den Johannes verkörperte und diesmal eines von zunächst zänkischen und zuletzt recht versöhnlichen Mitgliedern einer puritanischen Kirchengemeinde..

Der Film spielt im wesentlichen in einem Pastorat eines kleinen Dorfes auf Jütland zur Zeit kurz nach der Französischen Revolution von 1789.

Geflohen in eben dieses Pastorat vor den Verfolgern und besser gestellten Bürgern war die Besitzerin eines Pariser Gourmetrestaurants namens Babette.

Nun ist sie seit vielen Jahren den beiden unverheiratet geblieben Töchtern des verstorbenen überaus gestrengen gleichwohl fortdauernd hochverehrten Pastors beim Einkauf und in der Küche behilflich.

Eines Tages erhält sie aus Frankreich den Gewinn aus einem einst gewagten Lottospiels, 10.000 Franc womöglich – oder mehr noch?

Das gesamte neuerworbene Vermögen nutzt sie mitnichten, wie es als höchst selbstverständlich anzunehmen gewesen wäre, um endlich in ihre alte Heimat zurückkehren zu können, sondern um der in letzter Zeit immer streitsüchtigeren Glaubensgemeinschaft ein Festmahl aus den erlesensten Gerichten und Getränken der cuisine française zelebrieren zu können.

Vom „einfachen" Fischer bis zu einer bescheidenen Gräfin werden Bewohner eines Dorfes durch dieses höchstheilige Abendmahl wie durch ein Wunder – zuletzt unterm leuchtenden Sternenzelt – verwandelt in Wesen, die sich segensreich die Hände reichen in Schwester- wie Brüderlichkeit – und nicht zuletzt: die offenbar bereit erscheinen, für immer Frieden zu wahren in und zwischen endlich humanen Menschen.

Die Rede ist von der nach „Die Passion der Jungfrau vorn Orléan" bislang vielleicht schönsten dänisch-französischen Zusammenarbeit im Bereich der siebten Kunst zur Tonfilmzeit, eben „Babettes Fest" vom Regisseur Gabriel Axel aus dem Jahre 1987, der mit diesem funkelnden Edelstein in der Tradition von „Das Wort" in Hollywood den Auslandsoscar gewann. Nur wenige weitere Filme hat er inszeniert, die jedoch in qualitativer Hinsicht nicht an diese Ausnahmearbeit heranreichen. Manchmal haben Erfolge mehrere Väter und Mütter – und in der Tat: Die Vorlage zu „Babettes Fest" lieferte die Novelle „Babettes Gastmahl" (Babettes gæstebud) von Dänemarks brillantester wie ruhmreichster Geschichtenerzählerin, Tanja Blixen.

11

Auch Axels Kollegin Susanne Bier gewann einen Auslandsoscar mit ihrem Leinwanddrama „In einer besseren Welt" (Hævnen). Der schwedische Starschauspieler Mikael Persbrand spielt darin die Hauptrolle, einen dänischen Arzt, der bei seinen Einsätzen in Afrika wie zu Hause mehr oder weniger erfolglos versucht, aufkeimende wie ausbrechende Gewalt nicht mit den gleichen Mitteln zu bekämpfen.

Anders als bei Axel stehen Biers Produktionen, wie z.B. der Dogma-Filmbeitrag „Für immer und Ewig/Open Hearts" (Elsker dig for ewigt) „Nach der Hochzeit" (Efter bryllupet) dem internationalen Ruhm ihres Oscarfilms kaum nach, bis sie sich verlocken lässt von Angeboten aus Hollywood, Miniserien darunter, die dem Genre des Horrorfilms nahestehen. Nicht zuletzt wird sie zudem gehandelt als erste Frau, der die Inszenierung einer James-Bond-Films angeboten wird: In einer anderen Welt …

Wäre der Durchbruch für Susanne Bier in der dänischen Kinokunst wohl so einfach geworden ohne die beherzte Eroberung des Regiestuhl einer Frau in früherer Zeit?

Beinahe vergessen ist sie heute schon, die großartige Frauenrechtlerin, Kinoregisseurin, Drehbuchautorin und Schauspielerin Astrid Henning-Jensen (1914-2002).

Zusammen mit ihrem Mann verfilmte sie 1946 einen der Bedeutendsten Sozialromane von Martin Andersen-Nexø, nämlich „Ditte – Menschenkind" (Ditte - menneskebarn). 1947 folgte ein weiterer Kinoerfolg mit „Verflixte Rangen (De pokkers unger).

Mit ihrem 1949 allein gedrehten Film „Palle allein auf der Welt" (Palle alene i verden) gewann sie in Cannes den Preis für den besten Kurzfilm.

Ihr Spielfilm „Pao aus dem Dschungel" (Paw) war 1960 für den Auslandsoscar nominiert.

Für den schwangeren Frauen gewidmeten Spielfilm „Winterkinder" (Vinterbørn) erhielt sie 1997 in Berlin den Silbernen Bären.

1984 reüssiert sie als Schauspielerin in Lars von Triers Erstlingswerk „Element of Crime" (Forbrydelsens element).

12

Goldene Palmen wiederum gewann der dänische Regisseur Bille August für zwei gleichnamige Romanverfilmungen, nämlich Ingmar Bergmans autobiografische Familiengeschichte „Die besten Absichten" (Den goda viljan) und Martin Andersen-Nexøs Roman „Pelle der Eroberer" (Pelle erobreren), die Auswanderergeschichte eines verarmten südschwedischen Bauern, der mit seinem Sohn Arbeit und Lebensglück auf Bornholm sucht.

Dieser Film steht meinem Herzen in einem seltsamen doppelten Sinne nahe. Am 8. September 1991 wird er im Fernsehen übertragen. Zusammen mit meinen Kindern schaue ich ihn mir an, dieses Zwei-Generationendrama mit einem unvergleichlichen

Max von Sydow, einen Film, dem es von Anfang an gelingt, unsere gesamte Aufmerksamkeit zu gewinnen.

Mitten drin ein ganz anderes Drama. Ich erleide einen Herzstillstand. Wochen verbringe ich im Koma.

Als ich erwachte, hätte eine freundliche Ärztin mich nach meinen Wünschen gefragt. Ich soll gesagt haben, ich würde gerne den Film „Pelle der Eroberer" zu Ende schauen. Lach! Passende Antwort zurück: guter Mann, wir sind ein Krankenhaus und kein Kino!

So wurde mein Krankenbett mein Kino - gelang es mir doch Tag für Tag, Bild für Bild, Wort für Wort die weitere Geschichte eines vermeintlich kleinen Heldenpaars aus Tommelilla in einem für mich hinreichenden Maße ins Happy End zu telepathieren ...

II. Hip, Hip, Hurrah!

1

Um 1900 lässt sich der in Dänemark berühmteste impressionistische Maler Peter Severin Krøyer (in seinem näheren Umfeld zumeist Søren gerufen) nach einem längeren Studienaufenthalt in Frankreich an der Nordspitze Jütlands in einem alten Fischerdorf unweit Skagens nieder, dort, wo Kattegat und Skagerrak, Nordsee und Ostsee zusammenfließen oder aufeinanderstoßen – je nach kriegshistorischer oder doch lieber bildgestalterischer Sicht, aus der ein einzigartiges Licht von – wenn man so will drei (!) - verschiedenen oder schnell wechselhaften Seiten und Winkeln zu leuchten erscheint.

Der verehrte Meister bleibt nicht lange allein. Wie ein Magnet zieht er ein mehr oder weniger renommiertes Gefolge von Kollegen*innen an – wie Anna Ancher, Mikael Ancher, überhaupt für die damalige Zeit erstaunlich viele Malerinnen und nicht zuletzt seine Frau, Marie Krøyer, die einst als schönste Frau Dänemarks angesehen wird. Søren und Marie orientierten sich teils am französischen Realismus, Naturalismus, Impressionismus. Auf der Pariser Weltausstellung 1889 gelangt Marie zur internationalen Anerkennung.

Er liebt sie abgöttisch, gar so betriebsblind, dass er wohl wissend um ihre Hingezogenheit zu dem schwedischen Komponisten Hugo Alvén auch aus naiver Großherzigkeit diesen zu sich nach Hause einlädt.

Dieses Martyriums nicht genug glaubt Krøyer, dass er die schwere Geisteskrankheit seiner Mutter geerbt habe.

In einem Wahnsinnsanfall hätte er seine Frau beinahe erwürgt. Seine Frau Marie verlässt ihren Mann zeitweise und lässt ihn mehrmals in eine geschlossene psychiatrische Anstalt einweisen, wo er wegen bipolarer Erkrankungen behandelt wird. Dort fantasiert er immer wieder, dass irgendwelche Leute danach trachten, seine Traumfrau umzubringen.

Nach einer Abfolge tragischer Malblockaden stirbt er in der Kunstwelt hochverehrt im Alter von 58 Jahren.

Bille August setzt in seinem dänisch-schwedischen Film „Marie Krøyer" beeindruckende Szenen aus deren Autobiografie „Balladen om Marie", 1999, für die Leinwand um.

Marie steht zeitlebens im Schatten ihres berühmteren Mannes, Dennoch weist sie den Weg in Richtung selbstbewusste weibliche Kunst wie Persönlichkeit, was ihr Mann mit Argwohn und Ärger zur Kenntnis nahm – sehr ähnlich wohl wie später beim spanischen Macho Pablo Picasso gegenüber seinen hochbegabten malenden und fotografierenden Frauen.

Marie heiratete Alfén, wohnte mit ihm am Siljanasee, entfaltete dort ihr Talent als Innenarchitektin (insbesondere Möbel). 1936 wurde die Ehe geschieden, und Marie verstarb 1940 vereinsamt in Leksand.

Seit meiner Kindheit besuche ich gerne offene Kirchen, denn sie verleihen mir gegenüber der Außenwelt ein gesteigertes Gefühl von mehr als bloß Ruhe, Schutz, im Sommer Kühle, sondern von Kunstfertigkeit und Heiligkeit, und wenn es hochkommt: geheiligter Kunstfertigkeit.

Sehr ähnlich ergeht es mir mit Kunstmuseen, seit ich als Achtklässler zusammen mit einem Freund von der Kleinstadt Rendsburg aus die Großstadt Hamburg erkundigte. Egal ob der Besuch der Herbertstraße auf St. Pauli oder der Kunsthalle neben dem Hamburger Bahnhof zum Höhepunkt der Reise geworden war – in bester Erinnerung bleibt mir bis heute letzterer.

Als Student trampte ich von Göteborg noch Oslo, um erstmals den Tempel eines meiner bis dato Säulenheiligen zu betreten, zu Edward Munk. Die drei verschiedenfarbig gekleideten Mädchen auf der weißen Brücke „Mädchen auf der Brücke" (Pikene på broen) zwischen 1901 und 1940 entstanden mehrere Fasungen, besuchen mich immer noch in meinen Glücksträumen, „Der Schrei" (Skrik), auch von diesem Bild entstanden zwischen 1893 und 1910 unterschiedliche Fasuungen, erweckt mich errettend schrill aus schwarzer Alptraumnacht – jeweils in wie vielen tausend Variationen?

Wie oft haben meine Frau, die Keramikerin, Malerin und Kunsttherapeutin und ich uns am Duft der Farbenpracht in Emil Noldes Garten in Seebüll berauscht, sind auf den Spuren Vincent van Goghs und Paul Gauguins in der Provence, der Bretagne und Paris gewandelt, sind eingetaucht in heile Welten vergangener Jahrhunderte zu Lande und zu Wasser im kleinen aber feinen dänischen Inselmuseum von Fanø… Kirchen, Mühlen, Drei- und Viermaster, Fauna, Flora … (erinnere ich es wohl richtig, dass dort dem Menschen nur ausnahmsweise ein Platz im

Vordergrund zugestanden worden war?). Ach, und in Worpswede haben wir uns auf einen Friesentee getroffen und in Ahrenshoop auf einen steifen Grog.

Im Wiener Belvedere schließlich hatten wir uns faszinieren lassen von einer aparten ausgezeichneten Kunstkennerin namens Samanta Mori, die uns führte durch eine Ausstellung mit dem Titel „Gemeinsamkeiten und Unterschiede der Maler Gustav Klimt und Egon Schiele". Welch ungeahnte Offenbarungen!

3

Auf den Weg zur Künstlerkolonie Skagen hatten wir uns einst bei böigem Gegenwind von unserem Ferienort bei Lökken gemacht. vorbei am vom blanken Hans ins Meer gelockten Leuchtturm Knude Fyr von Rubjerg, der Ende Oktober 2019 in einer sensationellen Aktion ins Landesinnere verschoben wird und zumindest auf absehbare Zeit über Wasser gehalten werden dürfte.

In Hirtshals winken wir der Fähre nach Norwegen nach.

Je weiter wir uns der Nordspitze nähern, desto feiner werden die Sandkörner, die uns im pfeifenden Wind damit drohen, in Augen, Ohren, Mund und Nase einzudringen, um unsere Orientierung irgendwie zu verkleistern, als wollten sie unser Vordringen in Naturschutzgebiet verhindern.

Die Drapierung mit Tüchern helfen nur halbwegs am Vorankommen. Später als geplant erreichen wir unsere Unterkunft. Viel Sand sickert in die Abflüsse von Waschbecken und Dusche, um womöglich bald schon von hinten zurückzukehren.

Kurz vor Schließung betreten wir den Musentempel der sagenumwobenen Malkolonie. Der deutsche Zeitungsmagnat und Kunstmäzen Axel Springer hatte ihn einst errichten lassen. Staunend stehen wir vor Großgemälden insbesondere entstanden aus den Pinseln des „Großfürsten von Skagen", Krøyer also, und erwerben zuletzt ein paar kleine Kunstkarten.

Seit meinem ersten Besuch im genannten Kunstmuseum hängen an meiner Wand neben dem Schreibtisch vier Bilder Peder Severin Krøyers in Postgartengröße, drei, die positive Stimmung zum Ausdruck bringen, das vierte, in Weiß, Schwarz und Blau, wirkt auf den ersten Blick traurig, auf den zweiten Blick vielleicht ein wenig so, als obsiegte der Trost die Trauer?
Mein liebstes Bild zeigt zwei weiß gewandete junge Frauen Arm in Arm von hinten, also von links nach rechts, im Modestil des ausgehenden 19. Jahrhunderts. Bei klarem Wetter schlendern sie am Strand: „Sommerabend am Skagener Südstrand" (Sommeraften på Skagen Sønderstrand), 1893.
Mein zweitliebstes Bild hält eine sommerliche Gartenfeier fest, und zwar vom Porträtierenden selbst anlässlich seines Geburtstages. Die stehenden Männer halten Sektgläser bereit zum Anstoßen in der Hand wie auch die Frau, die am Tisch sitzt – Marie mit der mit Søren gemeinsamen Tochter Vibeke.
Der einnehmende „Schnappschuss" trägt den bezeichnenden Titel: „Hip, hip, hurrah!" (Hip, hip, hurra! Kunstnerfest på Skagen), 1888.
Im dritten Bild porträtiert der Maler sich selbst, Seit an Seit mit seiner jungen Frau Marie, beide blicken aufs Meer, begleitet werden sie von einem Jagdhund: „Sommer am Strand von Skagen. Der Künstler und seine Frau" (Sommeraften ved Skagens strand. Kunstneren og hans hustru), 1899.
Von der Positionierung der Personen gleicht es bis auf ihre Bewegungsrichtung dem ersten Bild aufs Haar.
Das Original hatte ich 1970 im Göteburger Kunstmuseum gesehen. Ich fotografierte es ohne Blitzlicht natürlich – anders wäre es sicherlich verboten gewesen ;-).

Das vierte Bild informiert auf der Rückseite: „Weißes Boot am Strand, heller Sommerabend" (En vid båd i strandkanten. Lys sommaraften), 1895, 41x60 cm, Skagen Museum.

Rechts oben im Hintergrund umringen sieben oder acht schwarzgekleidete Frauen und Männer das leuchtende Boot.

Im Vordergrund links von hinten und seitlich angeschnitten zwei Frauen. Die vermutlich ältere der beiden zieht einen vielleicht drei- bis vierjährigen Jungen hinter sich her. Alle ebenfalls schwarz gewandet, ein wenig Blau darin, das sich im Meer spiegelt.

Sie haben offensichtlich den Heimweg angetreten, denn das Leben geht weiter. Es muss!

Wieder einmal ist ihren Männern, den Fischern, mit hoher Wahrscheinlich das Boot auf hoher See zum Grab geworden. Und wieder einmal wartet ein Boot mit seinen Mannen auf die Ausfahrt, um der verblieben Dorfgemeinschaft die Lebensgrundlage zu sichern – wer und wie denn sonst?

Verbietet nicht Liebe, Liebe zu verbieten?!

1

Natürlich muss der ehrlich liebende, aber willensschwache und unter dem drohenden Verlust seines gewohnten luxuriösen Lebensstils leidende Baron Botho von Rienecker seinen blaublütigen Pflichten nachkommen. Er wird standesgemäß heiraten und die tiefe Zuneigung zur Plätterin Lene Nimptsch aus seinem Herzen reißen wie der Fuchs seine Pfote aus dem Fangeisen.
Die lebenskluge Lene indes hatte vermutlich auch nie etwas anderes erwartet als das Glück des Augenblicks.

So oft ich auch reiste in das Buch „Irrungen, Wirrungen" von Theodor Fontane über das hochsympathische Paar oder es auf Reisen verschlang, stets las ich manches Erzähltes und den einen oder anderen Dialog begierig aufs erneute, um gerührt zu werden von der traurigen Liebesgeschichte wie einst, als ich erstmals von ihr erfuhr, und um das zu Papier gebrachte wie meine Gefühlsbewegungen möglichst unverändert im Gedächtnis zu behalten.

Nicht, dass mir die wiederholte Lektüre keinerlei neue Aspekte eröffnete, aber der Autor ließ bei aller Kunstfertigkeit, zwischen den Zeilen zu erzählen, seiner Leserschaft nicht allzu viel Raum für individuelle Interpretation, geschweige denn eigene freie Fantasie.
Der Autor scheint seinem Erzähler den Auftrag gegeben zu haben, uns zu gelenktem Schaffen anzuregen. An der Grundkomposition dieses Romans hatte der eine wie der andere niemals rütteln lassen: Hoffnung, Glückserfüllung für das durch

einen einzigen – den Wiesenblumenstrauß bindenden – Grashalm bis in alle Ewigkeit vereinte Paar kann und darf es niemals geben.

Ist das klar? Na klar ist es das!
Verdammt, frage ich mich, warum denn eigentlich nicht Lenes und Bothos Lebensentwürfe so denken, fühlen und – ohnehin - fantasieren lassen, dass sie mit Zuversicht in ihre und vielleicht auch unsere Zukunft blicken dürfen?
Spätestens dann frage ich mich das, wenn mir in einem hinteren Kapitel darüber berichtet wird, wie Lene, die Gute, die ihrem Botho das Eheglück mit seiner Käthe gewisslich zu gönnen sich bemüht (einer wohl allzu sehr dalbernden Gattin – wie es ein um seinen Freund höchst besorgter Kamerad auf den Punkt bringt) ... ja, und da passiert es: sie bricht bitterlich zusammen, als sie ihn zufällig von weitem mit Käthe begleitet an seiner Seite sieht, ein tragischer Zufall, der ihr anscheinend nicht linderbaren Schmerzen bereitet aufgrund eines gewichtigen Raum einnehmenden Alleinallerliebsten in ihrem doch nur schwachen kränkelnden Herzen.

„Denn Ordnung ist viel und mitunter alles", spricht Botho angeblich im 14. Kapitel im Brustton alternativloser Überzeugung. „Kindlers Neues Literaturlexikon" legt ihm aus welchem hellsichtigen Grunde auch immer Worte in den Mund, die vielleicht sogar noch treffender die Haltungen Fontanes und seines Helden zum Ausdruck bringen: „Ordnung ist doch das Beste, die Grundlage, auf der Staat und Familie beruhen, wer dauernd dagegen verstößt, geht zugrunde." Im Vergleich der beiden Äußerungen wirkt nunmehr die eine platt, die andere differenziert.
Denn war es nicht doch damals schon umgekehrt, dass diejenigen zugrundegehen, die meinen, sich dauernd und sklavisch an die Ordnung halten zu müssen?

169

Lenes Kopf, zweifelsohne, möchte sich an die Gesetze der Sitte halten, ihr Herz, ihre Seele indes sprechen eine andere Sprache.

Über Bothos Ehefrau Käthe wiederum erfahren wir wie beiläufig, dass sie einfach nicht schwanger wird.

Ob Botho es denn überhaupt möchte? Oder will? Oder muss? Und dennoch nicht kann, weil der einzige Spross seiner Eltern wie Hanno Buddenbrook noch im Knabenalter einen Schlussstrich zieht unter die letzten Eintragungen in der Familienchronik?

Und was ist so recht eigentlich mit Lenes Schwester im Seelenleid, Effi Briest?

Indem diese sich für kurze Zeit auf einen Liebhaber einlässt, verstößt sie e i n m a l gegen die Norm, an die sich zu halten ihr anschließend keineswegs schwerfällt – wenngleich zuletzt mit gebrochenem Herzen und unangemessen dauerhaft bestraft mit Fegefeuer von ihrem Exmann und fast dauerhaft von ihren Eltern.

So wie Lene zusammenbrach, als sie spürte, nicht ihren gutmütigen Ehemann Gideon, sondern immer noch Botho zu lieben, so erleidet Effi nach dem Besuch ihrer – der Mutter vom Vater entfremdeten - Tochter einen Nervenzusammenbruch, einen Ausbruch voller Hass, gipfelnd in dem Ruf: „Mich ekelt, was ich getan, aber was mich noch mehr ekelt, dass ist eure Tugend. Weg mit euch. Ich muss leben, aber ewig wird es ja wohl nicht dauern."

Und was hat der Prinzipienreiter Baron Geert von Instetten mit seiner devoten Obrigkeitshörigkeit samt Verinnerlichung eines damals schon in Frage gestellten Ehrenkodexes davon, seinen alten Kameraden Major von Crampas zum Duell zu fordern und ihn zu erschießen? Sein Vertrauter und Vorgesetzter Wüllersdorf hatte es ihm prophezeit: „Ihr Lebensglück ist hin. Aber wenn Sie den Liebhaber totschießen, ist Ihr Lebensglück doppelt hin, und zu dem Schmerz über empfangenes Leid kommt noch der Schmerz über getanes Leid."

Und dann – noch einmal - die Sache mit dem Fuchs. Ein Kamerad wird über Bothos Dilemma behaupten, etwas bliebe zwar in der Falle hängen, das Hauptstück, das wäre jedoch gerettet. Gerettet, tatsächlich?

2

Fontane gibt ja dem ersten von einem halben Dutzend hervorragender Alterswerke, Berliner Frauenromane allesamt, den Titel „Irrungen, Wirrungen". Ironisch meint er es mitnichten. Also glaubt er an die Notwendigkeit, Gesetzlichkeit gar, dass die Normalität die bloße Verwirrung überwinden werde? „Die Sitte gilt und muss gelten, aber dass sie's muss, ist mitunter hart", so Fontane in seiner Eigenschaft als preußischer Redakteur der liberalen Berliner „Vossischen Zeitung" an einen Kollegen.

Im Verlauf eines der späteren Kapitel wird der längst verheiratete Botho eine Reise antreten in einer Kutsche von Wilmersdorf aus bis hin zum Friedhof von Rixdorf, um wie einst versprochen einen Kranz aus unvergänglichen Blumen, Immortellen, am Grab der Mutter Nimpsch niederzulegen.
Kein weiter Weg eigentlich von der Luftlinie her gesehen. Doch in der einzigartigen Kunst des bis an die Schmerzgrenze dehnenden Berichtens gestaltet der Erzähler die Fahrt Bothos als eine nicht endenwollende Reise in helllichte schwarzromantische Nacht aus Seelenpein und Sehnsucht.

Aber vielleicht ist all das gar kein Wunder bei einem Roman, in dem in elf Kapiteln der Liebesfrühling sprießen darf, in ganzen fünfzehn Kapiteln indes der Liebeskummer quälen muss – Satz für Satz, Seite für Seite, eines der vielleicht liebenswertesten Paare, das die Literatur kennt … ja, quälen muss diese Julia sich selbst und ihren Romeo und nicht zuletzt uns Leser*innen.

Soll es womöglich ein Trost sein, wenn auch nur schwacher, wenn Lene anders als ihre Schwester in schwerstverletzter Seele, Effi Briest, überlebt?
Lene, ein zauberhafter Ausbund der Natürlichkeit (zu der sich der lebenslange zivilisatorische Zögling Botho wie magisch mehr und mehr hingezogen fühlt), steht kein – zumindest unmittelbar erkennbarer – mitfühlender auktorialer Erzähler bei, der den sich neutral gebenden Beobachterstatus verlässt, um sich kommentierend oder in Gestalt einer der handelnden und sprechenden Figuren wenn auch noch so um Deckung bemüht, auf die Seite seiner Heldin zu schlagen.
Zugestanden sei ihm allerdings, dass er die Frau nicht wie bis heute dem Manne als untertan skizziert, sondern – ihrer Zeit voraus - in einer Art der Selbstständigkeit, die sich pars pro toto insbesondere zu erkennen gibt im Kapitel, das beider Ausflug im Frühsommer zum Gasthaus „Hankels Ablage" an der Spree bei Königswusterhausen schildert.
Die Verliebten rudern zu einer nahegelegenen Insel und betreten eine Wiese, auf der Botho so gar nichts schönes Blühendes zu entdecken vermag. Der munteren Lene wiederum gelingt es bald schon, Bothos wissbegierige Sinne für die leuchtende wie duftende Vielfalt von Wiesenblumen zu öffnen.

Als bereute er das Versäumnis, seine Geschichte von einem womöglich zu geringen Maß an Empathie tragen zu lassen, zeichnete Theodor Fontane seine Frauengestalt, drei männliche

Hauptfiguren und den Erzähler in knappen zwar, aber durchaus wesentlichen Zügen nur zwei Jahre später neu.

Effi Briests „Fehltritt" hin zu einem Mann, der sie wohl wahrhaft liebt, wird als verständlicher Seitensprung einer reuigen Ehefrau dargestellt, die vor allem in ihrem Sehnen verstanden wird von Gieshübler, dem Apotheker (Fontane hatte ja selbst diesen Beruf ausgeübt), ihrem Kurzzeitgeliebten Major Crampas und – wenn auch womöglich zu spät – ihrem Vater. Diesen lässt der Erzähler auf der letzten Seite im Angesicht des in Menschen sich einzufühlen begabte Haushundes Rollo, der nicht von Effis Grabstein weicht und seit sie dahinsiechte kein Essen mehr zu sich nimmt, sagen: „Ja, Luise, die Kreatur, das ist ja, was ich immer sage. Es ist nicht so viel mit uns, wie wir glauben. Da reden wir immer von Instinkt. Am Ende ist es doch das beste."

Irgendwann, ich weiß nicht mehr, in welchem Kapitel, vermag es doch tatsächlich der empfindsame Erzähler vor Empörung nicht mehr ansichzuhalten und schreibt tapfer einen Ruf ins Buch – leise wohl nur, aber vielleicht laut genug, um der leidgeprüften Lene zu Ohren zu kommen: „Arme Effi!"

3

Der 1897 veröffentlichte Roman „Irrungen, Wirrungen" ist bislang zweimal verfilmt worden.
Die Adaptionen sind mir nicht bekannt. Die Kinoversion wurde 1937 unter dem Titel „Ball im Monopol" von Regisseur Frank Wisbar inszeniert. 1966 verfilmte Rudolf Nolte das Buch als Fernsehfilm unter seinem Originaltitel.
Höchstwahrscheinlich waren der Stoff n i c h t in Richtung Happy End verändert worden sowenig wie die ersten vier

Verfilmungen von „Effi Briest", und die enden nach dem tragischen Ableben der Tochter mit dem weltberühmten Dialog der Eltern – Mutter: „Ob wir nicht vielleicht doch schuld sind?" (…) Vater: „Ach, Louise, lass …, das ist ein zu weites Feld" - von einer Ausnahme abgesehen: „Rosen im Herbst". Später dazu mehr.

4

1974, Rainer Werner Fassbinders Film „Fontane Effi Briest" kommt soeben in die Kinos, beginne ich meine Examensarbeit in Germanistik über Fontanes erfolgreichsten Roman im Vergleich mit den bis dato vier Adaptionen des Stoffes für die Leinwand und eine für den Bildschirm.

Im Zentrum der Untersuchung sollte die Frage stehen, inwieweit werden die Transformationen in ein anderes - zumeist der Unterhaltung dienendes - Medium dem Meisterwerk gerecht. Wurde sein Gehalt verflacht, z. B. durch bloße Bebilderung der Handlungsstränge?

Oder ganz im Gegenteil – wie ich heimlich hoffte: wird das Ehedrama womöglich vertieft, erweitert, modernisiert und bereichert dadurch, dass die weibliche Hauptfigur wie auch die männlichen Hauptfiguren nicht nur an Alternativen zu den letztendlich gewählten Lebensentwürfen, die Fontane seiner Leserschaft ja immer wieder vor Augen führt (sei es durch den alten Briest, die Amme Roswita oder Instettens Vorgesetzten im Berliner Amt Wüllersdorf), nicht nur denken, sondern auch leben lässt.

Hatte Instetten es denn nicht in der Hand, seiner Frau, die er selbsterklärtermaßen nach wie vor liebe, zu verzeihen, statt sich ohne Not dem „gesellschaftlichen Etwas" zu unterwerfen, dem Götzen zu dienen, solange der Götze gilt, also die Frau für alle

Zeit zu verstoßen und den Charmeur, der wegen der Liebelei wohl nicht einmal seine Familie verlassen hätte, zu ermorden? Und hätte es Fontanes durchaus auch kritischen Tönen gegenüber dem wilhelminischen Sittenkodex wirklich widersprochen, wenn er Botho von Rienecker nicht einmal zu einem polyamoren Liebhaber hätte werden lassen (dass er für Lene Liebe empfindet, ist sicher; ob auch für Käthe, das ist weniger sicher, eher unwahrscheinlich). Nein, es hätte schon gereicht, wenn er seine Helden das zu tun erlaubt hätte, was er vielen der gekrönten Häupter nicht nur in Preußen meines Wissens ohne Naserümpfen zugestanden hatte: sie wurden oftmals schon im Kindesalter mit in vielerlei Hinsicht vorteilverprechenden Partien, mit denen sie sich in der Öffentlichkeit zeigten, täglich Speis und Trank teilten, später auch gelegentlich das Ehebett, um einen Kronprinzen zu zeugen. Erotische Bedürfnisse indes, die durften sie suchen und finden bei zumeist hübschen Prinzessinnen, besser bekannt unter dem Namen Mätressen.

5

Als Politikstudent fand ich es beachtenswert, neben literarischen, ästhetischen, medialen, gehaltlichen bzw. vorlagengetreuen Gesichtspunkten die Filme untereinander zu vergleichen im Hinblick auf die unterschiedlichen Herrschaftsformen bzw. Epochen in der Geschichte Deutschlands im Verlauf des 20. Jahrhunderts, in denen sie entstanden waren, unter den Regimen des Nationalsozialismus und der DDR, sowie unter der konservativen Regierung Konrad Adenauers und zuletzt in den Jahren nach der westdeutschen 68er-Bewegung und Willy Brandts Leitmotiv seiner Regierungserklärung von 1969: „Wir wollen mehr Demokratie wagen".

Ich brannte geradezu darauf, nach mehrmaliger Besichtigung des Fassbinder-Werkes in Schwarz-Weiß die zweite Version in Schwarz-Weiß und überhaupt die erste Kinoadaption von „Effi Briest", Gustaf Gründgens „Der Schritt vom Wege", kennenzulernen sowie die beiden Farbfilme „Rosen im Herbst", inszeniert von Rudolf Jugert 1955 in den Münchner Bavariastudios, und den 1969/70 erneut (wie Grüngens Film) in den Studios von Babelsberg entstandenen Fernsehfilm „Effi Briest" unter der Regie von Wolfgang Luderer, kennenlernen und miteinander vergleichen zu können.

Gespannt war ich auf mutmaßliche, wenn nicht höchst wahrscheinliche Einflussnahmen der teilweise doch in hohem Maße voneinander abweichenden gesellschaftspolitischen Systeme auf Produktion, Gehalt, Ästhetik usw., die in der Umsetzung des Fontane-Stoffes wohl erkennbar sein würden.

Die Einflussnahmen auf Gehalt und Ästhetik der Romanbearbeitung fesselte mich als Literatur- und autodidaktischen Filmstudenten gleichermaßen.

Zunächst stand selbstredend die Frage im Raum, inwieweit die Inszenierungen dem Handlungsablauf von Fontanes Geschichte, der Charakterisierung seiner Figuren sowie die Art und Weise, die Haltung insbesondere, mit der diese Geschichte erzählt wird. Werden die Filme also Fontanes Roman gerecht und wenn nicht, in welchem Ausmaß.

Zu prüfen blieb zudem, ob bzw. welche der zu erwartende Abweichungen – unabhängig von politischen Systemeinflüssen - sich quasi naturgemäß ergeben aus der Verschiedenheit von Schriftsprache einerseits, Bild-Ton-Sprache andererseits, von Anspruchsmedium gehobener Literatur und Massenmedium Kino, das zwar nicht nur, aber doch hauptsächlich der leichtverständlichen Unterhaltung zu dienen habe.

In einer grüblerischen durchwachten Nacht fiel mir nach dem Genuss von mindestens zwei, drei Glas Rotwein fast schwerelos und spontan ein Konzept ein, mit dessen Hilfe ich glaubte, die Qualität von Fontanes Roman „Effi Briest" und anderen seiner Werke besser als bislang beschreiben, vergleichen und beurteilen zu können.

Ich gliederte die vorzunehmende Betrachtung des Objekts vom Einfachen zum Komplexen in drei Teile:

- Ebene I: sammeln
- Ebene II: selektieren
- Ebene III: symbolisieren.

Auf Ebene I werden einfache Elemente der Dingwelt (z. B. der „aufgeklebte" Chinese), der von Wetter und Jahreszeiten, der Flora (z. B. das bepflanzte Rondell vor dem Herrenhaus), der Fauna (z. B. Haushund Rollo), der Figuren, ihrer Handlungen (z. B. wer, was, wann, wo, mit wem) und Gespräche aufgezählt.

Auf Ebene II richtet der Erzähler seinen auswählenden Blick auf das, was ihn interessiert in willkürlichen Zusammenhängen: ein Schlosspark, eine Schaukel, eine stickende Mutter, die ihr so hoch wie irgend möglich schaukelndes Kind als „Immer Tochter der Luft" bezeichnet, eine Kirchhofmauer, hinter der die mit Effi eng befreundeten Zwillingsschwestern aus dem Pastorat Herta und Berta sowie Hulda aus dem Kantorat scheinbar unentwegt rufen: „Effi, komm!"

Effi und die drei Mädchen „spielen" am Bootssteg eines Weihers. Sie sprechen von Geschichten über die Liebe. Effi meint, ernsthafte Liebesabenteuer müssten immer schlimm enden und lässt das Boot samt Liebespaar tragisch kentern zu Effis heilender Fürbitte: „Flut, Flut, mach alles wieder gut!"

Auf der Ebene III nunmehr steht diese Szene zusammengesetzt mittels Puzzleteilen aus Dingwelt usw. beispielhaft für das weitere Schicksal unserer Heldin: Auf- und Abschwung einer

Kinderschaukel, ein gefährlich schaukelnder Kahn, der Lockruf der Mädchen, in der Kindheit/Jugend zu verweilen, der Ruf der Mutter nach der Tochter, aus der Natur ins geordnete Haus zurückzukehren, damit sie es sich zu erdreisten wagt, Effi ihrem alten Jugendfreund Baron von Instetten nicht nur vorzustellen, sondern gleich miteinander zu vermählen. Das eine wie das andere übt Effi aus bzw. lässt sie sich gefallen. Diese ausgewählte Szene erfährt wie andere ähnlich durch die Art und Weise der Auswahl aus den genannten Welten, insbesondere aber durch Worte und Taten des Figurenensembles symbolische Überhöhung, die zudem an literarischer Leuchtkraft gewinnt durch den geschickten Gebrauch von rhetorischen Stilmitteln auf Seiten des vom Autor erfundenen Erzählers, seien es Vergleich, Metaphorik, Anspielung, Vorausdeutung, Ellipse oder Perspektivwechsel der Rolleneinkleidungen, zudem die direkt oder indirekt erkennbaren Haltungen, die der Autor gegenüber all dem Tun und Lassen seiner fantasierten Personen plus einem Hund einnimmt.

In einer Situation, in der der Fassbinder-Film für die Kinoaufführungen erst angekündigt worden war, und ich die drei anderen Verfilmungen noch gar nicht zu Gesicht bekommen hatte, meinte ich im Nachhinein wohl zu Recht, aus der Not eine Tugend machen zu dürfen, indem ich den Versuch unternahm, Fontanes Werk eigeninterpretatorisch in den Griff zu bekommen, und das heißt also auch zunächst ohne jegliche Zuhilfenahme von Sekundärliteratur.
Ich konzentrierte mich also aus subjektiver Perspektive auf ein reines Wortkunstwerk, das in Köpfen entstanden ist, besser: in Körper, Seele und Geist - zunächst auf Seite des Autors, sodann auf Seiten von uns Leser*innen, das Charakterisierungen des Personals mal konkret vorgibt, mal mit Hilfe von Andeutungen oder gar Aussparungen eher im Dunklen lässt, sodass in Augen

und Ohren des Lesepublikums Freiräume entstehen für eigene Deutungen – ganz im Gegensatz zum Publikum eines Kinos, das in der Regel seine anfängliche Dunkelheit nutzt, um in der vorgegebenen Kürze der Rezeption auch noch so manche platte Stereotypisierung der Agierenden ins (ver-)blendende Helle zu zwingen.

Ich werkelte gar nicht mal so lange an meinem kleinen Modell der Fontaneischen Kunstfertigkeit.

Zuletzt hielt ich doch ein DIN-A4-Blatt in Händen, auf dem sich nicht viel mehr als zwei Dutzend dahingekritzelte Textbausteine fanden, die nichts weiter beschrieben als das Sammeln von Material und dessen weitere Bearbeitungsvorgänge, so als ob es sich auch um die Hausordnung einer Bildhauerwerkstatt gehandelt haben könnte und nicht um die weitgehend aus Spontaneität erwachsene Versuchsanordnung eines literarischen Konzepts, welches ich mit „Prozess der „literarischen Verdichtung" benannte, das mir stimmig erschien, und mit dem ich bis heute recht zufrieden bin, was gleichwohl keinesfalls heißen soll, dass es nicht zu überprüfen, zu korrigieren bzw. zu ergänzen wäre.

Für den Moment möchte ich es aber gerne so stehenlassen.

Meine Vorbereitung auf die Examensschrift hatte mich erstens in der Überzeugung bestärkt, dass es sich bei Fontanes Roman um ein grandioses, gar geniales Werk handelt, und zweitens, dass ich mir eine probate Blaupause gebastelt hatte, mit der ich mich im Hinblick auf die anstehenden Untersuchungen in trockenen Tüchern befand.

Im Trockenen? Tatsächlich?

Blaupause, Anlegeschema … ach was! Wie abstrakt! Vielmehr dachte ich dabei an ein Gewässer in meiner frühen Jugend. An den Niehuuser See an der dänischen Grenze.

Unser Vater, ein Zöllner, schlug meinem Bruder und mir vor, im Verlauf unserer Sommerferien das Taschengeld zu ergänzen durch den Verkauf von im See gefangenen Fischen. Am meisten brächten auf dem Flensburger Markt Aale ein. Also bastelten wir eine sogenannte Grundangel. An eine etwa 100 Meter lange Angelsehne wurden links wie rechst etwa jeweils 30 kürzere Sehnen geknüpft, an die zuletzt die Haken befestigt wurden.

Am Abend legten wir die eigenartige Falle im warmen Wasser Anfang August aus. Und am nächsten Morgen früh um fünf Uhr stiegen wir erneut ins keineswegs lauwarme Nass. Brrrr! Ja, war es denn über Nacht November geworden? Der Anblick der reichhaltigen Beute vermochte es nicht, unserem frierend-zitternden Zähnegeklapper Einhalt zu gebieten.

In einfache Kartoffelsäcke mühten wir uns, die glitschigen ekeligen frostigen Viecher einzusammeln. Sie zappelten um ihr Leben, schlugen heftigst sämtliche Teile unserer Körper ... brrr!

Der Ertrag für den Fang am Markttag oben in der nördlichsten Hansestadt von Deutschland hatte sich zuletzt gelohnt.

Manchmal erwiesen sich gute Einfälle als nützlich, und ohne Mühe gäbe es keinen Lohn, meinte unser Vater lakonisch.

Der Vater, der noch in unseren Ferien und seinem Urlaub plötzlich und unerwartet verstarb, bedeutete seinen Jungs dieser erste und zugleich letzte Sommer eine wunderbare Schule fürs Leben ...

Also ran an die weiteren Schritte der ersten Staatsprüfung mit Mut und Zuversicht!

Ach, übrigens: das Angeln im Niehuuser See war verboten. Der Gebrauch von Mogelzetteln im Examen selbstredend auch. Mit einem solchen wurde ich bei einer schriftlichen Prüfung in Gotisch erwischt. Der Zettel lag auf dem Tisch neben dem eingeschlummerten Prüfling. Als der erwachte stand neben ihm ein pensionierter Studienrat im schwarzen Anzug und Krawatte als Aufsichtskraft. Er starrte auf den inkriminierten Papierfetzen solange, bis ich ihn verschluckt hatte.

Aber natürlich doch! Dieser gute Beamte konnte niemand anders sein als die Reinkarnation von Vater ...

6

Gewiss kaum überraschend hat sich für mich innerhalb der zu berücksichtigenden Gegensätzlichkeiten sehr rasch ein Aspekt als gravierendster herausgestellt, nämlich – ja, wie sollte es auch anders sein – der zwischen Leser*innen und Betrachter*innen/Zuhörer*innen: bei Lichte betrachtet möglicherweise als das Unvergleichbarste überhaupt?

Und das, liebe Leser*innen, in mancherlei Hinsicht!

Als Literaturstudent besaß ich selbstredend den Roman „Effi Briest", und zwar in zwei Ausgaben, eine im schwergewichtigen Hardcoverformat innerhalb der achtbändigen Werkausgabe der Romane und Erzählungen Fontanes, herausgegeben u. a. von den Fontane-Experten Gotthard Erler und Peter Goldammer, erschienen 1973 in 2. Auflage im Ostberliner und Weimarer Aufbauverlag, die andere in der leichtgewichtigen Taschenbuchversion des Ullstein-Verlages aus dem Jahre 1975.

Beide Bücher firmierten mit dem noch für damalige Zeiten üblichen Etikett „Ungekürzte Ausgabe".

In Ersterer fehlte jegliches Bild – sieht man einmal von Faksimiles einiger Seiten aus Fontanes Manuskript ab. Das Taschenbuchcover wiederum wartete auf mit einer interessanten Montage aus Schriftzügen, teils in Weiß, teils in Schwarz, und einem überwiegend in Braun-, Weiß- Rot und Violetttönen gestalteten Foto auf hellblauem Hintergrund.

Im oberen Teil des Bildes erscheint der Romantitel in stilisierten weißen Blockschriftlettern, aus denen ebenfalls stilisierte Pflanzenblätter mit Samenkügelchen „wachsen". In den unteren Teil eingefügt ist der Name des Autors in weißen Schreib/Schönschriftbuchstaben, die drei „F" zudem verschnörkelt.

Am unteren Rand wird in einfachen schlichten weißen Druckbuchstaben über den Verlag informiert: „ein Ullstein Buch".

Das überaus faszinierende Foto erscheint wie die Schlüsseleinstellung aus einem der ersten beiden Farbfilmversionen: die Entdeckung der Briefe Crampas an Effi und mithin die Wendung des Geschehens ins Tragische. Noch sind sie von Instetten gar nicht gelesen, denn ein Bündel weißer Papiere wird zusammengehalten von zwei über Kreuz gebundenen roten Wollfäden. Auf dem obersten Blatt lesen wir lediglich in schwarzer Handschrift: „An die Frau Landrat von Instetten".

Vor dem Bündel ist eine geöffnete Taschenuhr platziert, im unscharf aufgenommenen Hintergrund erkennen wir vor einem großen Bogensprossenfenster den Schattenriss einer gebeugten männlichen Gestalt, den offensichtlich grüblerischen Kopf Halt suchend in die rechte Hand gelegt: der verzweifelte Instetten also.

Ich beschreibe und erwähne all das nicht nur aus dem unmittelbar thematisierten Zusammenhang von Gemeinsamem und Trennendem der Lese- und Betrachtungsmedien, letztere ohne und mit Ton, mit und ohne Untertitel.

Nicht minder wichtig ist es meines Erachtens, darauf hinzuweisen, dass in meinem vielleicht abschweifend erscheinenden kleinen Büchervergleich die Merkmale zweier Kulturerhebungen - nämlich Bücher- bzw. Leserevolutionen - erkennbar werden, die erste in ausgeprägter Form, die zweite als Keimzelle, und zwar im Bezug auf Westdeutschland nach 1945, wo sich in den genannten Bereichen ähnlich wie in anderen zivilisatorisch entwickelten Ländern Grundlegendes ändert, das sich allerdings jeweils Jahrzehnte zuvor bereits in den USA ereignet hatte.

1946 ist es der traditionsreiche Rowohlt-Verlag, der zu einem äußerst erschwinglichen Preis (50 Reichspfennige, nach der Währungsreform 1 DM) erstmals in Deutschland anspruchsvolle Literatur herausgibt – im Unterschied zu den „Groschenromanen" früherer Zeiten mit weniger Anspruch an die Leserschaft.

Zunächst erscheinen Rowohlts Rotationsromane (rororo) in Zeitungsgröße. Zu den ersten Ausgaben gehören Kurt Tucholskys „Schloss Gripsholm", Ernest Hemingways „In einem anderen Land" und Anna Seghers „Das 7. Kreuz". Ab 1950 erscheinen sie als Taschenbücher im bis heute üblichen Quartformat.

Der Lesehunger nach deutscher wie ausländischer Literatur ist bei den Menschen aller Bildungsschichten seit Ende der NS-Herrschaft ohnehin hoch, und nun vermag es Rowohlt und ihm nachfolgende Verlage die Nachfrage der Leserschaft um ein Vielfaches zu steigern.

Kann man sie bis heute weiterhin steigern, indem man Bücher verbilligt? Oder ist es vielmehr so, dass wir Menschen ähnlich reagieren wie Ackerböden, deren Ernteertrag durch Düngung vermehrt wird solange, bis dieser Ertrag eines Tages auf Null abfällt? Und das wissen heute ja nicht nur die in der Landwirtschaft arbeitenden Fachkräfte.

Tatsächlich ist es so, dass etwa drei Jahrzehnte nach der zündenden Idee des Rowohlt-Verlages Menschen erneut in allen Bildungsschichten das Interesse daran verlieren, ob nun Texte in welchem Format und zu welchem Preis auch immer, denn sie beginnen damit, nicht nur die Lust am, sondern gar das vordem vollständige Vermögen zum Lesen zu verlieren.

Als ich das „Effi Briest"-Taschenbuch erstmals in Händen hielt und beeindruckt die Umschlagillustration betrachtete, ob ich wohl schon ahnen konnte, dass die weißen und schwarzen Buchstaben immer an Bedeutung verlieren und das Bild an Bedeutung gewinnen wird? Wenn ich tief genug in mich hineinspüre, dann glaube ich sagen zu dürfen, ja, ich habe mich sogar nach dem Bild „zurückgesehnt".
Auf Gründe hierfür werde ich gleich zu sprechen kommen.
Übrigens gehört zu meiner leichten „Effi-Briest"-Ausgabe seit über 40 Jahren nicht länger nur ein Bild, sondern ein zweites: am unteren Rand von Seite 29 findet sich eine von mir mit blauem Kugelschreiber angefertigte kleine … ja, was?... eher eine Skizze als eine Zeichnung: im Vordergrund unten ein (mein) Hinterkopf, rechts daneben auf mittlerer Höhe ein Tisch, auf dem ein aufgeschlagenes Buch liegt, darüber ein gardinenloses Fenster, durch das man in die Ferne schauen kann hin zu einer alten Windmühle.
Umrandet ist das Bild mit den Angaben: „22. 5. 1975 nach Brecht-Haus-Besuch in Skovsbostrand in Ringköbinger Jugendherberge".
Offensichtlich hatte ich mich an der Covergestaltung orientiert. Aber nicht allein daran. Denn im Unterschied von deren Gebrauch der Bildschärfe im Vorder- und Mittelgrund sowie Unschärfe im Hintergrund gibt es in meinem „Werk" ausschließlich Tiefenschärfe. Die habe ich mir aber nicht ausgedacht, sondern einfach übernommen von einer für mich seit frühester Jugendzeit zutiefst berührenden Szene aus Orson Welles' Meisterwerk „Citizen Kane", die Welles' lebenslang variierte Thematik, und zwar die überaus schmerzvolle posttraumatische Vertreibung aus dem Paradies, wie ein

Zauberkunststück in ein – im doppelten Wortsinn - Bild fasst: das Kind John Foster Kane lebt mit seinen Eltern in bescheidenden Verhältnissen auf dem Lande. Die Mutter hat kürzlich erfahren, dass sie eine hocheinträgliche Silbermine geerbt hat. Nun wird sie gleich ihren Sohn in die „Obhut" eines ihr Vermögen treuhänderisch verwaltenden Bankiers übergeben. Ihr Mann will noch um den Verbleib seines Jungen kämpfen, indes – er erweist sich als zu schwach gegenüber seiner höchst willensstarken Frau. Jetzt die besagte Einstellung: im rechten Vordergrund des Wohnzimmers sehen wir das verhärmte Gesicht der sitzenden Mutter, die ein Dokument unterschreibt, rechts neben ihr das Gesicht des beflissenen Bankiers. Im linken Vordergrund sind auf einem Tisch der Zylinder des Transakteurs sowie weitere Teile der bereits unterschriebenen oder noch zu unterschreibenden Dokumente abgelegt. In der Mitte wankt ein unentschiedener Vater, dem es nicht gelingt, eine Brücke zu seinem Sohn zu bauen. Und durchs hintere Sprossenfenster schauen wir in gleichbleibender Bildschärfe auf das im Schnee spielenden Kind. Noch ahnt der Junge nichts von der für ihn sich als verhängnisvoll erweisenden Trennung.

Im weiteren Verlauf dieser Szene wird er sich sehr wohl dagegen wehren. Mit seinem Schlitten namens „Rosebud" stößt er den Bankier, der danach trachtet, ihn von draußen direkt in eine ganz andere Welt mitzunehmen, in den Schnee.

Was die zerberstende Schneekugel und das letzte Wort des sterbenden Kane, „Rosebud" bedeuten, das erfahren wir. Ob sich der steinreiche Kane in seinem Leben jemals gefragt hatte, ob seine geliebte Mutter zumindest eine Mitschuld getragen habe könnte an seiner Lebenstragödie? Wie gerne hätte ich das erfahren. Aber so oft ich mir dieses Wunderwerk der siebten Kunst auch angesehen und -gehört habe, Hinweise auf eine mögliche Antwort habe ich nicht erkennen können. Kane und

Welles haben ihr ödipales(?) Geheimnis wohl mit ins Grab genommen.

7

Von Analphabetismus hatte ich bereits als junger Schüler erfahren und von Rechtschreibschwäche als junger Lehrer. Der Begriff „funktionaler Analphabetismus" jedoch, der kam mir erstmals in den späten 80er Jahren zu Ohren, ohne zu erraten, geschweige denn verstehen zu können, was er bedeutet.

In einem Lexikon war er nicht zu finden, und googeln konnte man ihn natürlich auch noch nicht.

Irgendwann las ich in unserer Tageszeitung eine Buchbesprechung, in der mir auf höchst anschauliche wie nachhaltige Weise von der Not der mir die allmählich fast schon schmerzlich vermissten Worterklärung abgeholfen wurde: „funktionaler Analphabetismus" hat mit dem klassischen Analphabetismus aber auch gar nichts zu tun, wie ich erfuhr, vielmehr befällt er Menschen, die ab üblichem Lesealter das Lesen normal erlernt haben und es „eigentlich" zuletzt in Schule, Hochschule oder anderen Bereichen beherrschen, und es doch nicht tun, weil über viele Jahre gewachsene Gehirnstrukturen durch Wortinformation im Verlaufe weiterer Jahre verändert werden durch eine Übermacht an Bildinformationen, sodass im schlimmsten Fall von einem Zeitungsartikel mit durchschnittlicher Verständlichkeit Hundertprozent gelesen, aber allenfalls nur noch Fünfzehnprozent verstanden werden können. Oh je!

Eben diese Informationen entstammen einer Buchbesprechung in meiner Zeitung, und zwar des damaligen Bestsellers „Das Verschwinden der Kindheit" (The Disappearance of Childhood) des populären US-amerikanischen Medienwissenschaftlers Neil

186

Postman, erstmals erschienen 1982, und das ich unmittelbar nach der Zeitungslektüre erstanden und nur so verschlungen hatte.

Der Autor, der den inzwischen landläufigen Begriff „Infotainment" erschaffen hatte, warnt vor der Gefahr, die von der Neigung gerade der abendländischen Zivilisation ausgehe, jede Information zu visualisieren.

„Interessiert sei man an der bloßen Bewegung der Information, nicht länger am Erkennen ihrer Bedeutung. Im Fernsehen stießen die elektronischen und optischen Revolutionen aufeinander, sie schmelzen die Welt der Ideen in eine Welt ,lichtgeschwinder' Symbole und Bilder, allein die Übermittlungsgeschwindigkeit mache eine kontrollierte Handhabung von Informationen unmöglich, die Informationen selbst werden verändert: von der Satzform zur Bildform, von Abstraktion aus der Erfahrung zur konkreten Darstellung von Erfahrung, vom Intellektuellen zum Emotionalen.

Im Unterschied zum gedruckten Wort forderten Bilder also nicht mehr zum Denken auf, nur noch zum Empfinden. Fernsehen verlange keine besonderen Fähigkeiten und entwickle auch keine.

Der Buchdruck, schreibt Postman, brachte das Vermögen zu begrifflichem und logischem Denken hervor und damit Erwachsensein und Kindheit als kulturelle Sphären. In dem Maße wie elektronische Medien die Schriftkultur verdrängen, werden die Trennlinien der Sphären unklar, Schule, Erziehung, Familie werden ersetzt, bis schließlich die Kindheit verschwinde.

Anlass zur Beunruhigung geben die von Postman beschriebenen Folgen der kulturellen Umwälzung allemal - doch der Gedanke, dass der Mahner US-amerikanisches und nicht europäisches Fernsehen beschreibt, vermag zu beruhigen.

Doch vergleichsweise beunruhigend wirken auch die klassischen Thesen im europäischen Streit um Buch oder Film: Bücher sollten gefälligst gelesen, aktiv verarbeitet und nicht rein passiv als

Verfilmung konsumiert werden - so das bekannteste Postulat der einen Partei im Disput. Und diese weiter:

Die Bücher seien es - insbesondere wenn sie aus der Feder Astrid Lindgrens stammen - die die Fantasie der Kinder anregen, Verfilmungen dagegen stehlen die Vorstellungskraft; Lesen sei gelenktes Schaffen, Fernsehen gelenktes Schlafen.

Zudem bedeute die Dramaturgie des Films stets Verflachung des Buchgehaltes, wenn nicht gar Verfälschung aus Gründen der Profitabilität.

Die Argumentationsliste der Lese-Anwälte ließe sich verlängern.

Die Erinnerung an die Gegenthesen eines Medienfachmannes hilft, mein Unbehagen zu mindern: ‚Ronja Räubertochter' (Ronja Röverdotter) sei für Kinder als Buch, Kinofilm oder Fernsehserie jeweils ein eigenständiges Medienerlebnis. Diese Erfahrungen jedoch nach hierarchischen Bewertungsmaßstäben vergleichen zu wollen, sei unzulässig, denn kulturelle Tätigkeiten vermitteln jeweils spezifische Erfahrungen und sollen in ihrer jeweiligen Eigenart verstanden werden.

Und was den Vorwurf der Verflachung oder Verfälschung betrifft - ist in diesem Fall nicht Astrid Lindgren persönlich ein Stück davor? Die wohl weltweit berühmteste Kinderbuchautorin bewegte sich seit Jahrzehnten wie selbstverständlich im Bereich der Schriftkultur wie auch in dem der Bild-(un)kultur.

Möglicherweise eignet sich niemand so gut wie sie als Schlichterin im Streit zwischen Buch und Film - allein deshalb lohnt ein prüfender Blick auf die Geschichte der Astrid-Lindgren-Filme."

Soviel zuletzt aus einem Essay, den ich 1990 verfasste über eben die Filme Astrid Lindgrens und den zunehmenden Urteilsverlust von sich im wesentlichen nur noch in Bildwelten bewegenden Rezipienten.

Ob sie sich tatsächlich als Anwältin im genannten Streit eignet, zumal sie sich in einem Interview dazu bekannte, einen großen Hunger auf Bebilderung ihrer Werke zu haben?

8

Nun möchte aber auf den kurz unterbrochenen „Effi-Briest"-Verfilmungsvergleich zurückkommen.

Rainer Werner Fassbinder (dessen Film übrigens teilweise auf der kleinen idyllischen dänischen Insel Ærø aufgenommen wurde) nähert sich Fontane weiter, als dies seine drei Regisseurkollegen überhaupt intendierten.

Zudem lässt sich in Fassbinders Umsetzung im Sinne einer „erweiterten" Werktreue eine besondere Affinität zum Buch erkennen, indem der Cinemaauteur Erzählerbericht (Beschreibungen also von Menschen, Fauna, Flora, Wetter, Dingen) und Kommentierung geschickt mit der szenischen Darstellung zu verbinden weiß, gelegentlich in innovativ wirkendem Crossover von Szenen in Ton und/oder Bild: so hören bzw. sehen wir z. B. Instetten und Wüllersdorf in einem Gespräch, in dem sie Überzeugtheit vom und zugleich Zweifel am sogenannten Ehrenritual Duell äußern, und sehen und hören in Parallelmontage die von Berlin dampfende und schmauchende Eisenbahn nach Kessin, dem Austragungsort des scheinbar ewig geltenden Rituals.

Instetten in der Gestalt des Schauspielers Wolfgang Schenk wirkt anders als bei Fontane durchgehend steif, bürokratisch, unsympathisch, unfähig zur Empathie, und insofern trägt er Züge eines Soziopathen – Mitleid mit ihm vermag ich nicht zu empfinden im Unterschied zur Figur des Campras'.

Hanna Schygulla als Effi hingegen spielt ihre Rolle als eine nach Abwechslung – alles andere als oberflächliche Unterhaltung – suchende Jugendliche bzw. junge Frau, die sich gewiss auch nach so etwas wie Liebe zehrt. Gerade in dieser Hinsicht bleibt Fassbinder sehr nahe an Fontane, indem er neben dem Liebesbedürfnis ihren mindestens gleichberechtigten zielstrebigen Hang zu etwas Höherem in der Gesellschaft durchaus verdeutlicht.

Effi, „immer Tochter der Luft", wie ihre ein wenig besorgt tuende Mutter die um größtmöglichen Schwung nach oben auf der Schaukel im Park von Hohen-Cremmen ja kommentierte.

Im übertragenen Sinne aber denkt Luise wohlwollend an den sozialen Rang, den ihre Tochter erlangen könne, wenn sie den Jugendfreund der Mutter, den 21 Jahre älteren Baron von Instetten, ehelichen würde und mit 20 Jahren da stehe, wo andere erst mit 40 Jahren stünden.

Und eben dies wünscht sich Effi – in ihrem Kopf – ganz genau so: ja, natürlich möchte sie Baronin werden, Staat machen, selbstredend mit einem älteren Manne, der auch kalt sein dürfe, wenn es doch seinem und ihrem Ehrgeiz dienlich sei.

Zur Betonung von Effis Gespaltenheit greift Fassbinder zu einem dieser entsprechenden durchgehenden Stilmittel, das seine Kameramänner Jürgen Jürges und Dietrich Lohmann gekonnt umsetzen: immer wieder erfasst die Optik jedwede Person in Bewegung, um sie dann nicht nur verlangsamt beobachtend stillstehen, sondern eher unerwartet erstarren zu lassen, als seien sie zwischen all den Gipsfiguren plötzlich Schaufensterpuppen oder gespenstische Gestalten in einem Wachsfigurenkabinett.

Selten blicken sie sich an, geschweige denn, dass sie sich in Groß- oder italienischer Aufnahme über die Augen in ihr Seelenleben blicken lassen wollten.

Oftmals stehen sie Rücken an Rücken, Seite an Seite, mal nah, mal fern, eingefasst in Tür- und Sprossenfensterrahmen.

Und wäre dies alles nicht genug, um ihr geradezu groteskes Unvermögen, ihr Leben eigenständig zu organisieren, wird ihre Fremdsteuerung durch soziale Normen betont – wohl auch ein wenig überbetont - dadurch, dass sie gefühlt in jeder zweiten Einstellung auch noch in Spiegelbildern „verglast" werden.

Und darf's, was die Überbetonung betrifft, noch ein wenig mehr sein?

In den Interieurs erblicken wir unsere Helden*innen neben ihren Spiegelbildern platziert hinter transparenten kunstvoll drapierten Gardinen und Vorhängen sowie hinter Fensterscheiben – ergänzt zudem bei den Damen durch Gesichtsschleier. Außerhalb an der Ostsee beobachten wir Effi und Crampas, wie sie am Strand hinter zum Trockenen aufgehängten Fischernetzen und Reusen Arm in Arm dahinschreiten – nicht wie bei Fontane zu einer stillgelegten Windmühle sondern wie in der zweiten und fünften Romanverfilmung, nämlich der von Hermine Huntgeburth, zu einer Fischerhütte, um dort nach ihrem Eintritt sogleich erneut umgarnt wie zugleich eingefangen zu werden von allerlei engmaschigem Meeresfangwerkzeug.

Aufgrund der stilistisch-dekorativen Raffinesse neigt der Film gelegentlich dazu, die Grenze zum Kunstgewerblichen zu überschreiten, was aber seiner Nähe zu einer gut vorstellbaren alternativen Literaturadaption insofern nicht schadet, als Fassbinder seiner Verfilmung einen ganz eigenen Touch in Bild, Wort und eben Dekor verleiht.

Im Unterschied zu seinen Vorgängern, die Effi als zwar nicht nur, im wesentlichen aber als Opfer eines überkommenen Systems verstehen, sieht Fassbinder Effis Unmündigkeit in Anlehnung an Kants „Kategorischen Imperativ" als selbstverschuldet an. Erst in

Huntgeburths Version zeichnet sich wohltuend eine Befreiung der Heldin aus ihrem Gefängnis ab.

Es lässt sich feststellen, dass Rainer Werner Fassbinder seinen Stoff für die Leinwand in Schwarzweiß insoweit werkgetreu und der Buchform „nah" dramatisiert, als sich dieser mit einem Roman von ca. 140 Seiten in einen Spielfilm mit einer Laufzeit von ca. 140 Minuten überhaupt umsetzen lässt. Den auktorialen Erzähler spricht er aus dem off selbst.

Und er übernimmt noch eine in allen anderen Adaptionen überhaupt nicht vorkommende Funktion, nämlich die eines Didaktikers und Pädagogen. So lässt er wiederholt zu den eingängigen wie schmachtenden Violinenklängen nach Motiven von Camille Saint-Saëns Komposition Havannise op. 83 Spielszenen ins blendend Helle ausfließen und auf buchseitenweißem Hintergrund in Frakturschrift versehene Zitate aus dem Roman einblenden – gewiss solche, die dem Regisseur gar so wichtig erscheinen, dass er uns Zuschauer*innen und Zuhörer*innen solcherart Erkenntnisse Fontanes nicht nur zu Gehör bringen möchte, sondern glaubt, sie uns auch in einem Insert wie auf eine Schultafel geschrieben direkt vor Augen führen zu müssen, und wenn sie ihm eine dieser Einsichten außerordentlich gravierend erscheint, dann auch zweimal – wie in Bezug auf Instettens Prinzip, auf dem die Erziehung seiner Ehefrau beruht, nämlich auf einem „Angstapparat aus Kalkül".

Dass Fassbinder seine Lektüre nicht nur als sachlich erklärender sondern unbedingt auch als interpretierender Lehrer fest im Griff behalten will, zeigt sich allein schon mit aller Deutlichkeit an Titel und Untertitel, die er seiner Leseehrfurcht wie Lesefrucht gibt: erst der Respekt vor dem großen Meister des deutschen Realismus, sodann sein durchaus selbstbewusster wie eigenwilliger Schüler:

„Fontane Effi Briest oder Viele, die eine Ahnung haben von ihren Möglichkeiten und ihren Bedürfnissen und trotzdem das herrschende System in ihrem Kopf akzeptieren durch ihre Taten und es somit festigen und durchaus bestätigen."

9

„Irrungen, Wirrungen", „Effi Briest" und die nachfolgenden wunderbaren Berliner Frauenromane ... wie hatte ich sie alle schleunigst vor meine Augen geführt, aber keine liebte ich so wie die erstgenannten.
Für das Haus Briest hätte ich mir etwas Besseres als den Tod gewünscht und ach! Für die „arme Effi" (wie der auktoriale Erzähler ja ein Mal sein Mitgefühl direkt zu Ausdruck bringt) noch sooo viel mehr! Aber das hatte ich ja schon angedeutet, und es wird noch davon die Rede sein, wenn die fünfte Version ins genauere Blickfeld gerät.

Aber die Verfilmungen zu betrachten, wie sollte das wohl laufen? Nur im Falle von Fassbinder war es einfach – ich besuchte in Berlin eines der Filmkunstkinos bei mir um die Ecke: „Die Lupe", das „Schlüter", „Filmkunst 66" - oder war es meine Filmuniversität, das kommunale Kino „Arsenal"? Ich weiß es nicht mehr so genau, auch nicht, wie oft ich mir eine Eintrittskarte leistete, bis ich mich endlich sattgesehen hatte ...
In keinem dieser Kinos lief auch nicht wenigsten einer der drei anderen Verfilmungen. Gespeicherte Werke auf Video gab es damals ja noch nicht, auf Band schon insbesondere für wissenschaftliche und journalistische Zwecke. So konnte ich ein paar Jahre zuvor in den Filminstituten Wiesbaden, Babelsberg und Westberlin etliche mir noch nicht bekannte Werke von Sergej

M. Eisenstein und Ingmar Bergman anschauen, das Gros der beiden Meisterregisseure durfte ich mir allerdings im „Arsenal" zu Gesicht führen, das Anfang der 70er Jahre mit großartigen wie segensreichen Retrospektiven aufwartete.

Aber Fontane? Weder hier noch im Fernsehen West. Immerhin wurde einmal Wolfgang Luderers Adaption durch die DEFA im Fernsehen Ost wiederholt.

Was waren das nur für Zeiten, als es noch keine Videos, DVDs oder YouTube gab.;-) Wie nur wie haben wir die zu überleben vermocht?

Von den Filminstituten bzw. Studios Babelsberg und Bavaria ließ ich mir die drei Drehbücher zuschicken, sodass ich aus der Not wenigstens halbwegs eine Tugend machen konnte.

Und dann geschieht doch noch ein kleines Kinowunder für mich als Reiseliebhaber. Während meiner frühmorgendlichen Lektüre des „Tagesspiegel" in der Bibliothek der Dahlemer Rostlaube (=Institut der Germanistik) entdeckte ich eher zufällig einen Hinweis darauf, dass „Rosen im Herbst" am kommenden Donnerstag in einem Stuttgarter Kino zur Aufführung gebracht werde.

Am angegebenen Tag stellte ich mich an die Autobahn, um in die schwäbische Großstadt zu trampen. Als ich nach mehreren Stopps bei glühender Augusthitze angekommen war, führte mich mein erster Weg zu einem schattigen Plätzchen unter einer Kastanie in einem Biergarten, um mich bei einem frischgezapften Blonden abzukühlen.

Bald schon war ich eingebunden in einen schwäbelnden fremdenfreundlichen Plauderkreise, und ehe ich mich versah, war ich wie selbstverständlich eingeladen auf ein weiteres Hefeweizen und noch eins obendrauf.

Auf welchem Wege wann und wie ich mich schließlich einfand am Ort des Objektes meines cineastischen Begehrens, das vermag ich nicht mehr näher zu beschreiben.

Jedenfalls hatte der Hauptfilm bereits angefangen, und mir erschien es zeitweise so, als hätte der Kameramann seine Aufnahmen doppelt belichtet!

War ich überhaupt in der Lage, klar zu schauen?

Woran ich allerdings denken musste, war das berühmte „Fünf-Zeilen-Gedicht" von Wolf Wondraschek:

„Knall dich voll
Geh ins Kino
Mach die Augen zu
Die Bullen schießen wie wild
Aber sie treffen nur deine Cola."

Was mir jedoch noch sehenden Auges sogleich in eben dieses sprang, war die völlig unglaubwürdige Verkörperung der 17-jährigen Effi durch den damals 31-jährigen Kinostar Ruth Leuwerik, die im ersten Teil des Films allzu ältlich wirkte (nicht nur geschminkt und frisiert) – ganz im Unterschied – wie ich bei späterer Neubetrachtung des Streifens bemerkte – zu Marianne Hoppe, Angelica Domröse, Hanna Schygulla und Julia Jentsch, die Effi Briest in einem ähnlich hohen Alter zwischen Ende 20 und Anfang 30 Jahren verkörperten.

Instetten wird passabel gespielt vom Schauspieler Bernhard Wicki, dem Regisseur des beeindruckenden Antikriegsfilms „Die Brücke", und Crampas bravourös dargestellt von Carl Raddatz, dem Hauptdarsteller in einem der schönsten deutschen Schwarzweißfilme, nämlich „Unter den Brücken" - eine der letzten wenn nicht gar d e r letzten Leinwandarbeit überhaupt, die in Babelsberg kurz vor Ende des Krieges entstanden war. In die Kinos gelangte sie unter der Herrschaft der Nationalsozialisten nicht mehr – sei es, weil Carl Raddatz neben Gustav Knut als muntere Kahnschiffer auf der Spree allzu poetisch-romantisch aufspielen, sei es, weil die weibliche

Hauptfigur, Hannelore Schrot, versucht, mit einem Sprung von einer Brücke in den Fluss, sich das Leben zu nehmen.

Der Kapitän Raddaz und sein Steuermann Knut retten sie, und der Kapitän verliebt sich in das Mädchen. So oder so also kein „volksdienlicher" Beitrag zur Förderung des Glaubens an den Endsieg wie z. B. das Durchhaltemachwerk „Kollberg" mit Heinrich George in der Hauptrolle.

Rudolf Jugert hatte zwei Jahre später an „Unter den Brücken", das Meisterwerk seines Mitautors zu „Rosen im Herbst", Helmut Käutner, stilistisch, gedanklich und künstlerisch anknüpfen können mit seinem eigenen Meisterwerk, neben dem „Rosen im Herbst" umso mehr verblasst, und zwar „Film ohne Titel", in dem die junge Hildegard Knef neben Hans Sönker die Hauptrolle spielt, und durch den die Zuschauer*innen höchst unterhaltsam und zugleich poetisch wie ideenreich mit der Frage konfrontiert werden, auf welche Art und Weise nach Ende eines Horrorregimes überhaupt noch Filme zu drehen seien – was natürlich an Brechts berühmte Frage erinnert – noch während der NS-Epoche – was seien es denn für Zeiten, in denen ein Gedicht über Bäume einem Verbrechen gleichkomme!

10

„Rosen im Herbst" ist nur in Spuren Poetisches und Ideenreiches zu eigen. Unterhaltsam ist er allenfalls für diejenigen, die ins Kino gehen, um einen der zur Zeit seiner Entstehung üblichen „buntfarbenen" Heimatfilme nach dem Muster „Grün ist die Heide" zu betrachten.

Eine medienmögliche Verfilmung eines seriösen literarischen Stoffes ist die Verfilmung indes nicht. Mein erster Eindruck weckte schon den Verdacht, dass man Fontane nicht wirklich gerecht werden könne, wenn uns Zuschauer*innen die Darstellung einer kaum erwachsene Frau durch einen berühmten und beliebten Leinwandstar mit erhoffter Zugkraft zugemutet wird – ein Eindruck, der freilich durch die anfangs erwähnte „Doppelbelichtung" noch verstärkt wurde ;-)!

Typisch für die damalige Welle der fühligen Heimatfilme war, dass die Figuren „klare Kante" zeigen mussten, d. h., holzschnittartig in gute Menschen und wenn auch nicht immer in abgrundtiefböse so doch eben in weniger gute gezeichnet waren. Gemischte Charaktere erschienen somit eher selten. Auffällig in dieser Hinsicht ist Wickis Darstellung des Instetten als geradezu weichgezeichnet, Fontanes kritische Sicht gegenüber dem „Prinzipienreiter" wirkt wie zurückgenommen – vielmehr wird der Landrat in der Opferrolle, in der er durch Effis Ehebruch ja ohne Frage gerät, bestärkt, sodass seine Art der Rache tendenziell zumindest als gerechtfertigt erscheint.

Wir bewegen uns halt in der männerdominierten Welt der 50er Jahre, als Ehemänner auf Gewähr sogenannter ehelicher Pflichten ihrer Ehefrauen pochen durften oder das Recht besaßen, darüber zu entscheiden, ihren Gattinnen Berufstätigkeit zu erlauben oder eben nicht … wenig mehr als über 70 Jahre entfernt von der hoffentlich befreienden #Me.Too-Bewegung … kaum zu fassen!
Wir Zuschauer*innen werden also eher gestärkt in der Neigung, Mitleid womöglich eher mit Instetten zu empfinden als mit Effi in einem Maße, das nicht dem höchst differenzierten Fontanes entspricht.

Der Film ist sehr dialoglastig. Warum auch nicht, denn das ist der Roman erfreulicherweise ja auch in seinem spannungsfördernden Wechselspiel zwischen Erzählerbericht und szenischer Darstellung.

Nur: eher gelegentlich erklingen die Wortwechsel der Protagonisten so, als seien sie Fontanes Feder entsprungen. Der genialste Vertreter des deutschen poetischen Realismus auf mehr oder weniger sentimentale Heimatfilme „umkopiert" ... ähnlich vielleicht wie der ursprünglich in das farbverblassende Eastmancolor aufgenommene Streifen auf das höchst farbbeständige Agfacolor wie durch Zauberhand verwandelt worden war ... grüner wurde die Heide, die Natur ums Schwarzwaldmädel oder das Land um die Fischerin vom Bodensee nimmer mehr ...

Ein Großteil war auf Sylt aufgenommen worden, was mir gefiel aus Voreingenommenheit - war mir die „Nordseeperle" doch seit Beginn der 70er Jahre zur zweiten Heimat geworden.
Im gesamten Verlauf dieses sattfarbenprächtigen Leinwanddramas erleben wir indes, dass es sich mitnichten auf die Nordriesenheimat Sylt beschränkt. Die Gestalter des Films erwecken den Anschein, dass sie urlaubsbeliebte Landschaftsaufnahmen miteinander verketten wollen, wenn sie ihre Effi nicht nur über Strandwege und Wiesen, gar inzwischen längst verbotenerweise durch die Wanderdünen der Insel reiten lassen, sie darf mit ihrem Pferd deichähnliche Anhöhen erklimmen, die es auf Sylt gar nicht gibt, wohl aber nahe der grauen Stadt am Meer Husum, als sei sie in die Rolle von Hauke Hains Frau Elke geschlüpft – oder auch in die der wilden Dally (Heidi Brühl) vom in der Holsteinischen Schweiz gelegenen Gut Immenhof, gar in den Ausläufern des Südharzes ist es ihr gestattet, ihre Reitkünste unter Beweis zu stellen ... jeweils zur schmachtenden Begleitmusik des derzeit höchst populären Komponisten Franz Grothes – oh, wie schön ist unser vielgestaltiges Land! Ja, noch einmal: warum auch nicht, wenn es doch einem gängigen Genre in der Kinolandschaft entspricht – kaum aber mehr der Welt Theodor Fontanes.

Die Szene, in der die verängstigte Effi den Chinesen-Saal im Landratshaus von Kessin aufsucht, veranlasst durch die furchterregenden Geräusche der auf dem Fußboden hin- und herschleifenden allzu langen Gardinen erfährt wiederum eine übertriebene Gestaltung in Richtung angelsächsisches Schauermärchen: ins Bild schleichen sich geradezu bedrohlich flatternde Vorhänge, begleitet im Ton von ebenso bedrohlichen Geräuschen und äußerst schriller Musik. Nicht genug: die geöffneten Fenster knallen bei aufkommendem Sturm in ihren Rahmen, es donnert und blitzt, und Effi bleibt nur, wie könnte es anders sein, in Ohnmacht zu fallen.

Ich fühlte mich an allzu laut schallende Knalleffekte aus den mehrteiligen TV-Straßenfegern aus den frühen 60er Jahren erinnert, „Der Hexer" nach Edgar Walles und „Das Halstuch" nach Francis Durbridge.

Effis Unwohlsein im Haus des Angstapparats aus Kalkül lässt unschwer an Alfred Hitchcocks Schauerromantik „Rebecca" denken. (Insbesondere die verhärmte Irm Hermann, aber ein wenig auch Barbara Auer, die bei Fassbinder bzw. Huntgeburth die Dienerin Johanna spielen, die dem Baron von Instetten näherzustehen scheint als statthaft, gleichen der unheimlichen Dienerin Miss Denver auf Schloss Manderly in „Rebecca" bzw. nähern sich ihr an.)

Ihr nichts Gutes ahnender Besuch im Obergeschoss in der Jugert-Version wiederum erinnerte mich zudem auf geradezu frappierende Weise an eine/meine gruseligste Horrorszene der Kinogeschichte: die bereits erwähnte Melanie Daniels hatte ihren goldenen Käfig verlassen und war im Elternhaus ihres Freundes Mitch Brenner in Bodega Bay Unheil anmutenden Geräuschen aus einem Zimmer im 1. Stock gefolgt. Sie öffnet die Tür und wird sogleich von einer Schar in diesem halbwegs noch fast ruhigen Moment höchst aggressiver laut kreischender Vögel überfallen und lebensgefährlich verletzt an Körper, Geist und Seele – so wie i c h einst bei erstmaliger Betrachtung dieses metaphernreichen Meisterwerkes von Hitchcock nach einer Vorlage von der britischen Schriftstellerin Daphne du Maurier, die übrigens auch den Stoff zu „Rebecca" geliefert hatte – in diesem Fall „Die Vögel" (The Birds) ... also natürlich!

Zugunsten von Jugerts früher entstandenen Horrorszene fantasiere ich – vielleicht ein wenig überheblich schmunzelnd, dass Sir Alfred sie womöglich gekannt hatte und sich sagte: och, das kann ich aber besser machen ;-)!

Was ich andererseits als gleichwohl gelungenes Bild oder originellen Einfall von Jugert empfinde, ist, Effis wilde Ausritte stets enden zu lassen am Blumenrondell mit der Sonnen- und quasi Sanduhr vor Gut Hohen-Cremmen. Nach unbändigen Ausbrüchen immer wieder die Rückkehr – ja wohin? Zur „geordneten" Natürlichkeit in einem Adelssitz? Zur wiederkehrenden natürlichen Gesetzlichkeit von Raum und Zeit, Helligkeit und Dunkelheit, Flora und Fauna (Pferd und Hund Rollo selbstredend) und Menschen, die sich vielleicht zur verzeihenden Menschlichkeit bekennen? Zur letzten Ruhestätte eines Tages, das immerhin ist gewiss ...

Ich möchte gerne noch ein wenig anekdotisch berichten über weitere Filmbesichtigungen von „Rosen im Herbst" (nach meinem „zwielichtigen Kinoerlebnis" einst in Stuttgart). Denn ich brachte einige Wiederholungen dieser Fontane-Interpretation zur Aufführung, die Eindrücke vermittelten insbesondere im Hinblick auf bisher vernachlässigte Figurenzeichnungen und Dialoge insbesondere, weil ich mir davon erhoffe, die grundlegenden Veränderungen durch die Adaption noch besser veranschaulichen zu können.

Sehen wir uns zunächst die Rolle des Apothekers Dr. Gieshübler an in der Darstellung von dem beim Publikum seinerzeit höchst beliebten Günter Lüders, der sich allerdings im Laufe seiner Karriere nicht nur zu seinem Vorteil angewöhnt hatte, seinem Rollenverständnis eine Tendenz hin zum damals ebenfalls überaus beliebten Willy-Millowitsch-Theater-Humor, gar zur Knallcharge zu verleihen.

Typisch dafür in den ohne Frage erfolgreichen Romanverfilmungen von Erich Kästners „Drei Männer in Schnee" oder von Thomas Manns zweiter Verfilmung der „Buddenbrooks" aus den 60er Jahren.

Sowohl als Kammerdiener Kesselhut (Kästner) wie als Arbeitersprecher/Volksvertreter (Mann) ist ihm etwas unbeholfenes Trotteliges, Drolliges zu eigen.

In der Rolle des Gieshüblers bleibt ihm die auf den Leib geschrieben Unbeholfenheit, indes tritt neben diese ein angenehmer Zug von Seriosität im rechten Maß eher als Übermaß an Besorgnis um die Gesundheit seiner angehimmelten Freundin Effi, Fürsorglichkeit, soziale Väterlichkeit, nicht zuletzt medizinische Kompetenz, die dem Fontane-Porträt von Vater Briest in Bezug auf dessen Weisheit und Väterlichkeit an Gewicht verlieren lässt wie auch durch Rollenumkehrung (!) von Mutter und Vater Briest – Letzteres im übrigen auch in der 17 Jahre zuvor entstandenen Adaption „Der Schritt vom Wege".

Aber eines nach dem anderen …

In „Rosen im Herbst" ist Gieshübler nicht nur Pharmazeut, sondern auch Arzt, und er ist es, und nicht die gutherzige Amme Roswita Gellenhagen, die den Brief an Effis Eltern schreiben darf mit dem Hilferuf, die unter den Ausgrenzungen von Seiten Instettens und der geliebten Eltern schwerst verletzte Effi bei eben diesen wieder aufzunehmen.

Zuvor hatte er in seiner schüchternen wie devoten Eigentümlichkeit, die aber in ihren amüsanten liebenswerten

Zügen an den Sonderling Hans Christian Andersen denken lässt, der der überaus angehuldigten Frau Baronin seine Berufsmüdigkeit und spät entdeckte Reiselust bekennt … reisen dorthin, wo die Idylle und Luftveränderung walten – wenn sie ihn denn begleiten würde. (Nichts davon bei Fontane, aber der „Einschub" des wohl bisexuellen Märchendichters aus Dänemark hat durchaus etwas Überzeugendes.)

Effi indes hegt eben nur noch einen Wunsch – wie im Original – heimkehren zu dürfen nach Hohen-Cremmen.

Und so schreibt der gute Mann aus Kessin (oder Odense?) Effis Eltern, dass gute Luft allein der Genesung ihrer Tochter nicht dienlich sein können, sondern nur diejenige, die ihr dazu verhelfen, wieder frei durchzuatmen.

Frau Briest liest ihrem Mann den Brief vor und kommentiert ihn zuletzt mit den Worten: da müsse uns erst ein wildfremder Mann sagen, was sie beide längst getan haben müssten!

Briest gibt ihr daraufhin einen länger anhaltenden Kuss auf die Stirn.

Sie: „Es ist lange her."

Er: „was?"

Sie: „dass du so zärtlich warst!"

Er: „Ach, Louise lass, das ist ein zu weites Feld!"

In der gegenüber dem Roman willkürlich veränderten Personenkonstellation und -rede stammt nur dieser letzte Satz bekanntlich von Fontane. In einem gänzlich anderen gedanklichem Zusammenhang.

Das heißt: die eigentliche Tiefenschärfe, die der Autor der Charakterisierung der Eltern verleiht in ihren unterschiedlichen Anteilen an Hörigkeit gegenüber dem gesellschaftlichen Moralkodex und der daraus folgenden unerbittlichen Bestrafung der Tochter durch die Mutter im Gegensatz zur weitherzigen Empathie des Vaters und der daraus folgenden Beachtung aufs sprichwörtliche Hören des Herzens in Bezug auf den Vorrang der Elternliebe zum Kind gegenüber untergeordneten Erziehungsmaßnahmen sind somit vertauscht bzw. beseitigt worden wie alle anderen Hinweise Fontanes auf das Verhängnisvolle der selbst auferlegten Verpflichtung, die an den von oben gegebenen menschenrechtswidrigen Normen ohne Not zu verinnerlichen.

Kein Wort also im heimeligen Lichtspielhaus über das gesellschaftliche Etwas, den unerbittlichen Ehrenkodex, den eiskalten Götzen, dem zu dienen sei, solange er eben gilt!

Die Dramaturgie des Films lässt die Weisheiten Fontanes, die sich wie erwähnt im Vater Briest, Gieshübler, Roswita und Wüllersdorf spiegeln, verblassen insofern, als ihnen nicht erlaubt wird, Roswitas brieflicher Bitte an Instetten z. B., den getreuen Hund Rollo doch zur tröstenden Begleitung der vereinsamten Effi in ihrer Berliner Isolationshaft werden zu lassen – mit dem gestrichenen bezeichnenden Kommentar dazu von Wüllersdorf: „Die ist uns über!" Verstummen müssen auch später, wenn Rollo an Effis Grab im Rondell wacht, ohne mehr zu fressen, Vater Briest weise Worte: „Das ist die Natur. Mit uns Menschen ist es nicht so weither!"

Offensichtlich passte Fontanes Rollenverteilung nicht in die Zeit der Adenauer-Ära, in der allein Mütter aufgrund ihrer arteigenen Empathie sich um das Wohl ihrer Kinder zu kümmern hatten und sich gelegentlich erholen durften in den von der Frau des ersten Bundespräsidenten, Elli Heuß-Knapp, ins Leben gerufenen Müttergenesungswerken, und der Ehemann wie selbstverständlich als Herr(scher) der ebenfalls allein für Einkommen und der Einhaltung einer als natürlich angesehenen Ordnung angesehenen wurde, zu der eben auch eine steile Hierarchie in der Struktur der Familie gehörte.

In der Vorlage darf also Effis Vater einen der schönsten humanistischen Einsichten der Weltliteratur von sich geben, nämlich dass doch die Kreatur, die Natur alles sei und eben nicht wir Menschen und deren Gesellschaft! Im Film mitnichten!

Noch ein anderes Beispiel dafür dass die verstörende Eigenwilligkeit, die dem Drehbuchautor Horst Budjuhn eingeräumt worden war – bestenfalls an Brecht Verfremdungseffekte denken lässt, schlechtestenfalls an wohlfeilen Heftchenromankitsch:

Effi durfte zurückkehren nach Hause. Auf einem ihrer kurzen Spaziergänge wandelt Ruth Leuwerik geradezu schauerlich wie wie der Geist in „Hamlet" und wird von den am Fenster stehenden Eltern und Hausarzt Gieshübler beobachtet.

Briest fragt seine Frau: „Wie findest du sie?"

Louise: „Eigentlich wie immer. Vielleicht ein wenig besser. Nur manchmal, da schaut sie einen so fremd an um die roten Flecken, der Glanz in den Augen ... das gefällt mir nicht."

Briest zu Gieshübler: „Hm. Was sagen Sie dazu? Sie kennen sich besser aus! Sollten wir sie doch nicht in den Süden schicken? Aber damit darf man ihr ja nicht kommen!"

Gieshübler: „Wir sollten den Wunsch Ihrer Tochter respektieren. Solche Kranken haben meist ein sehr feines Gefühl dafür, was ihnen hilft."

Szenenwechsel: Offenbar in einen schweren Alptraum verfallen, wird Effi von ihrer Mutter geweckt. Effi: „Liebe ist die höchste Form der Religion ...".

Louise ruft nach Briest und Budjuhn – und sogar – wenn auch recht unvermittelt nach dem unbestechlichen Instetten-Kritiker Fontane ...

Effi: „Ich habe mich mit Geert versöhnt. Er war so edel wie ein Mann sein kann, wenn er so ohne rechte Liebe ist!"

Summa summarum lässt sich sagen, dass Rudolf Jugert sich Fontane in einer befremdlichen Art annimmt, insofern, als er Originalbausteine aus Text, Handlung und Figurenzeichnungen benutzt, um sie mit solchen Bausteinen zu kombinieren, die nicht aus der Feder Fontanes, sondern der des Szenaristen Budjuhns stammen, wodurch sich die Kinoadaption zwar durchaus nicht durchgehend, wohl aber immer wieder mal aufs erneute vom Tenor der Vorlage entfernt, und zwar ohne Not, d. h., ein Mehrwert für uns Zuschauer*innen ergeben die Veränderungen nicht, vielmehr führen sie zu einem höchst seltsam anmutenden Neben- und Durcheinander von Texttreue und willkürlicher Eigenmächtigkeit, die nicht zu verwechseln sei mit künstlerischer Eigeninterpretation!

11

Der 1969/70 weitgehend an Originalschauplätzen im Havelland und in Svinemünde entstandene Fernsehfilm „Effi Briest" von Wolfgang Luderer mit dem DDR-Fernsehstar Angelica Domröse, die die Effi mit großem Feingespür spielt, wird seine Vorlage möglicherweise am weitesten gerecht im Sinne von fernsehtypischer Buchillustration. Vielleicht aus zu großem Respekt vor der „heiligen" Nationalliteratur hat man das Buch nach meinem Dafürhalten allzu sklavisch adaptiert/illustriert, um Fontane möglichst in jeder Zeile gerecht zu bleiben, was immer das auch heißen mag.

Mit Ausnahme von Angelica Domröse und Dietrich Körner als Crampas spiegelt sich die gewiss gut gemeinte Ehrfurcht bis in die Rolle Instettens (Horst Schulze) und die der Nebendarsteller: sie wirken eher wie zurückgenommene Hörspielsprecher, denn wie vollblütige Schauspieler.

Falschverstandene Werktreue bedeutet im schlechtesten Fall, dass die Rollenträger nicht ihr ganzes erlerntes Können dazu nutzen, ihre Figuren mit ureigenem Atem zu füllen, damit diese an eigeninterpretierter Kontur und Leuchtkraft gewinnen. Einige Auftritte wie die von Instetten erscheinen allzu linkisch, er schreitet durch das Büro wie man sich einen preußischen Landrat von 1885 gemeinhin vorstellt – historisch gewiss korrekt, aber irgendwie als Mensch auch so grottenlangweilig, dass man kaum mehr verstehen möchte, warum sich Effi einst für diesen steifen Mann als Ehepartner entschieden hatte statt für den romantischen Dragoner Vetter Dagobert, der sich wohl heillos in seine Cousine verschossen hatte und der irgendwann Instetten wissen lässt, dass er ihn am liebsten erschießen würde, weil er ihm die Frau geraubt habe, die ein Engel sei.

Wolfgang Luderer gelingt es gegenüber seinem Zeitgenossen Fassbinder wiederum, neben der behutsamen kaum pleonastischen Filmmusik (wie bei Jugert) der von Fontane genannten Musik im Film auf durchaus angenehme Weise zu Gehör zu bringen. Also nicht nur die von Gieshübler am Flügel begleiteten Soli der Tripelli (eine zutiefst beeindruckende Parallelmontage gelingt Luderer, wenn zum wehmütigen Lied „Herbst" Effi und Crampas sich mit Blicken nach einander sehen, ohne dass sich diese Blicke tatsächlich auf dem Bildschirm finden) , sondern auch Effis Klavierstücke, Richard Wagner und Carl Maria von Weber, oder den Choral „Befiehl du meine Wege!" und den diesem in scharfer Entgegensetzung intonierten Schlachtgesang der einst gedienten alten Haudegen „Bin ein Preuße, ein Preuße will ich sein!" Wenn der Landrat sich entschließt möglicherweise aus rein wahltaktischen Gründen, mit seiner Frau zu Antrittsbesuchen bei Adelsfamilien im Umkreis von Kessin, der sogenannten Elite, zu kutschieren, so konzentriert sich Luderer auf eine Auswahl erzkonservativer Sprüche der blaublütigen Damen und Herren: Mutter und

Tochter von Grasenabb geben ihre tiefe Verachtung zu erkennen gegenüber einer angeblichen „Berliner Schule", die sich nur noch für Äußerlichkeiten interessiere und den Atheismus befördere, dem offenbar auch die Frau von Instetten verfallen sei. Baron von Grasenabb und andere gleichgesinnte Haudegen wiederum schwärmen in höchsten Tönen von Bismarcks Siegen im Deutsch-Französischen Krieg von 1870/71.

Instetten wiederum zeigt sich in dieser Runde wohltuend von seiner unpatriotischen Seite („Wer ist letzten Endes Herr in seinem Haus?")

Gründgens verzichtet erstaunlicherweise – fast! - auf die Besuche bei den Adelsfamilien – womöglich aus großem Respekt seiner emanzipierten Ehefrau gegenüber?

Instetten möchte Effi auf einen Antrittsbesuch bei den Grasenabbs einladen. Effi lehnt ab mit der verblüffenden Begründung, sie mache sich nichts aus den Grasenabbs, aber sie werde ihn begleiten bis zur Mühle!

Bei Jugert beschränkt sich der Besuch bei den Grasenabbs auf der Leinwand für nich länger als ca. eine Minute, und er belässt es bei einer schnippigen wie abfälligen Bemerkung dieser überheblichen Familie - keineswegs gegen die Berliner - sondern gegen d i e französischen Maler wegen deren angeblichen Vorliebe für Nacktheit!

Fassbinder zitiert den ironischen Fontane aus dem off bezüglich der Lästereien gegenüber dem behaupteten Hauptstadtatheismus, dem auch die Frau des Landrats verfallen sei. Die Mutter habe sie noch für den Deismus retten wollen, aber Tochter Sidonie habe auf gnadenlose Verurteilung als Gottlose bestanden.

In Huntgeburths Version schließlich trägt die freiheitsliebende sehr selbstbewusste Effi in einem Kessiner Strandcafé einen offenen Streit aus mit den Damen Grasenabbs und ihren reaktionären Ansichten – ganz und gar zum Leidwesen Instettens, der um seine Wahlchancen in diesen Kreisen fürchtet.

Im Unterschied zur freizügig dargestellten Liebesszene durch Hermine Huntgeburth zwischen Effi und Crampas greift Luderer im damaligen Deutschland des doch wohl liberaleren Umgangs mit Freikörperkultur zu konventionellen Mitteln wie Gründgens, Jugert und Fassbinder auch: Effi und Crampas treffen sich in den Dünen, nehmen sich an die Hände, schreiten zur Fischerhütte oder Mühle … Schnitt: brausende Meereswellen …

12

„Der Schritt vom Wege" wird im Herbst 1938 gedreht, also ein Jahr vor Ausbruch des Krieges, und ich hatte erwartet, dass man männlichen Zuschauern, die demnächst an die Front geschickt und womöglich für längere Zeit von ihren Bräuten und Ehefrauen getrennt werden, alles Mögliche zeigen dürfe, aber eines gewisslich nicht, nämlich ein durchweg positiv gezeichnetes Bild einer Ehebrecherin und eines Ehebrechers, sodass sich diese im wahren Leben zurückgelassenen Frauen in ihrer Einsamkeit als leichtfertig und liederlich erweisen könnten, indem sie sich von ebenso leichtfertigen und liederlichen höchst charmanten Damenmännern verführen lassen dürfen.

Effi (in der Darstellung von Gustaf Gründgens Ehefrau Marianne Hoppe, die ich zwar im Drehbuch kennengelernt hatte, aber auf der Leinwand erlebe ich sie Jahre n a c h meinem Examen) als 17-jährige Jugendliche wie später als 30-jährige junge Frau mit gebrochenem Herzen wirkt zunächst allzu spontan und stets frohgesonnen, zuletzt überzeugend als gereifter Freigeist, der so gar nicht in das Frauenrollenbild der Nazis passen will.

Gründgens Meisterwerk mit ein starken Frau als Heldin nähert sich also in einem weit höheren Maße Fontane an als dem Zeitgeist, aber selbstredend nicht in dem der radikalen Modernisiererin Huntgeburth. Musste er ja auch nicht im Angesicht des privaten wie offiziellen Frauenbildes vor 125 Jahren (Fontane) bzw. 80 Jahren (Gründgens).
Denkbar, dass es sich heute nachhaltig verändert durch die weltweite #MeToo-Bewegung, die vielleicht auch durch die bislang neueste „Effi-Briest"-Verfilmung von 2009 erste Mitanstöße zum Wandel des überkommenen Frauenbildes erhalten hatte.
Effi - nachdem sie ihre deutlich zum Ausdruck gebrachte Furcht vor dem wackelnd-grinsenden Chinesen-Bild, den ausgestopften Raubtieren (Braunbär neben der Tür, Haifisch mit seinem gefletschten Zahnwerk von der Decke hängend) im ehemaligen Kapitänshaus überwunden hatte – keinerlei Musik begleitet diese „Horrorszenen" - im Unterschied später zu der stimmig wirkenden Musik in den Luderer- und Fassbinder-Versionen – alle drei Filme also völlig anders im Vergleich zum überstrapazierten Krach der Komposition bei Jugert, folgt bei Gründgens eine Szene von Effis Besuch oben im Saal, sodass die von Fontane geschilderte Zähmungsrezeptur des verklemmten Landrats während seiner häufig dienstlich bedingten Abwesenheiten zur Mahnung an seine junge Frau, gefälligst artig-keusch zu bleiben, reduziert erscheint auf kindlich-jugendliche bloße Einbildung.
Mit anderen Worten: Marianne Hoppe als Effi Briest lässt sich wie in keiner anderen Verfilmung sonderlich beeindrucken oder verschrecken gar von einem Chinesen im Oberstübchen oder einem Angstapparat aus Kalkül.

Offizier Instetten zieht in der Eingangsszene hoch zu Ross in blitzblanker Montur samt Kavalleriekapelle am Anwesen derer von Briest und einer begeisterten Effi freundlich grüßend ins Manöver. Am Vortag, so wird später berichtet, sei er Effi als Zivilist vorgestellt worden.

Später einmal noch in Kessin zeigt sich Instetten vor Effi - auf deren ausdrücklichen Wunsch hin - und Crampas in Rüstung und bekennt sich zu „Lust auf Rock", was Major Crampas zu bespötteln scheint.

Wie setzt er das Duell in Szene?

Überhaupt mit keinem Bild noch Ton - als sei ihm Waffengewalt in jedweder Form zuwider.

Beim höchst feinsinnigen Künstler Gründgens war's das schon in Richtung preußisch-nationalistischem Martialismus.

Was aber wird bei ihm aus der Rolle des jungen Dragoners, der seine Cousine Effi verehrt oder gar liebt, und umgekehrt ist diese bei Fontane auch in ihren Vetter verliebt.

Warum Jugert und Budjuhn die Rolle Dagoberts komplett gestrichen haben, bleibt mir unerfindlich, mag aber passen zu beider willkürlichem Umgang mit Fontane.

Gründgens streicht diese Rolle diesmal offenbar unabhängig vom Soldatentum zu Gunsten Effis fast komplett (stummer Statist zu Besuch in der Berliner Wohnung), sodass ihre womöglich nicht unerhebliche zweite Mitschuld am Scheitern ihrer Ehe unerwähnt bleibt. Vermutlich sah er in Marianne Effi und in Effi Marianne und wollte sie nicht mit einem zweiten Schritt vom Wege belasten, hatte er doch gerade sein Drehbuch zu „Der Schritt vom Wege" seiner hochverehrten Frau zu Hochzeit geschenkt.

Im Roman fragt Frau von Briest ihre Tochter, nachdem ihr die Eheprobleme der Tochter nicht mehr verborgen geblieben waren nach dem „laufenden Verhältnis" zum Vetter Dagobert und ob sie denn lieber den Jüngeren geheiratet hätte. Effi vermag ihre Mutter zu beruhigen, der (etwa gleichaltrige) sei doch nur ein halber Mann, mit dem sie hätte keinen Staat machen können. Wie sehr sich Effi durch diese für sie allzu spät erkennbar werdende Fehleinschätzung Leid zufügen wird und ihrem Vetter gleichermaßen wird auf geradezu überraschende Weise in der fünften Version verdeutlicht. Darüber später mehr.

Gründgens legt die Figur Instetten an als verletzte Persönlichkeit (wie später ja auch bei Jugert). Wir können wohl zu Recht annehmen, dass seine Zurückweisung einst durch Effis Mutter zugunsten des betuchten Rittergutsbesitzers Briest ihm für alle Zeiten das Herz gebrochen hatte.

Er zeichnet ihn durchweg als sympathisch wie auch den Verführer Faust/Mephisto/Crampas (ausgezeichnet gespielt von Paul Hartmann), der es ja immerhin geschickt versteht, aus seinen körperlichen wie seelischen Lebensnöten (gelähmter Arm, Liebesleid in seiner Ehe) Tugenden zu machen als wahrer Gentleman, dem Böses schwerlich zuzutrauen erscheint.

Karl Ludwig Diehl wirkt im Vergleich zu allen anderen Kollegen in der Rolle des Instetten bis zur Entdeckung der Briefe trotz aller bisherigen Seelenpein lebendig und freundlich bis bestens gelaunt.

Was dem Film auch gut tut, ist, dass der Regisseur seine Protagonisten fast so häufig in Außenaufnahmen agieren lässt wie im Studio, zumal die sturmbewegten Wellen und Wolken eine Kulisse schaffen, in der fast noch wilde Pferde von Effi und Crampas im Galopp geritten werden, die die sorgsamst geordneten biederen Stuben, vor denen Kutschpferde scharren, deutlich zu dominieren scheinen.

13

Dass deutliche Veränderungen an der Vorlage zu kritisieren sind, wenn sie lediglich zur Verflachung des Originals verhelfen, haben wir insbesondere an „Rosen im Herbst" erkennen können. In Wolfgang Luderers Verfilmung gab es die kaum im nennenswerten Maße, wenn auch nicht gerade nur im positiven Sinne.

Wer „Effi Briest" auf die Leinwand bringt ohne ihren eigentlichen Dreh- und Angelpunkt, das fürchterliche Duell, dem muss Stil, Eigenwilligkeit und/oder nicht diskutablen Pazifismus zu eigen sein.

Und wer das Werk adaptiert sowohl in seinen Wesenszügen plus der eigenen Interpretation, der muss nicht nur Stil haben sondern auch Genialität oder Verrücktheit einer an zwei Enden brennenden Kerze oder beides.

Was aber bleibt dann noch für Hermine Huntgeburth? Alles das, was Männer nicht haben: ein in vielerlei Hinsicht gelungener aktueller Frauenfilm.

Dass sogar erhebliche Veränderungen gegenüber der Romanvorlage in der filmischen Umsetzung dieser höchst dienlich sein, sie nachhaltig bereichern und in ihrer Aktualität auf höchst spannende Weise verdeutlichen können, das zeigt nun endlich die fünfte Filmfassung dieses Werkes der Weltliteratur durch Hermine Huntgeburth in einem neuen Jahrhundert mit einer Julia Jentsch in der Titelrolle.

Ähnlich einer Actor's-Studio-Darstellerin spielt sie die Effi mit allen Fasern ihres Einfühlungsvermögens als sei sie ihre Zwillingsschwester. Und in ihrem mimischen und gestischen Geschick im Nahbereich gleicht sie der großen norwegischen Schauspielerin Liv Ullmann.

Marianne Hoppe gab die Effi bis zur späteren Katastrophe als aufgekratzten Wildfang, der stets mit einem Lächeln auf den Lippen alles und nichts ja ach zu hübsch findet – wenn auch nicht Fontane-fern.

Ganz im Unterschied dazu wird die Persönlichkeit der überzeugend eigenwillig interpretierenden Julia Jentsch im gesamten Filmverlauf durch eine gewisse Lebensscheu, Skepsis, Wehmut, verhaltene Traurigkeit und ein Hang zur Hab-acht-Haltung geprägt.

Endlich bekomme ich mein so lange ersehntes Happy End. Und dies völlig zu recht und überhaupt nicht in Bezug auf Fontane gegen den Strich gebürstet.

Das Bedürfnis dieser jungen Frau, frei durchatmen zu können, ist bei ihm so angelegt wie bei Lene.

Effi erlebt die Hochzeitsnacht – und wir mit ihr – als eine Art einvernehmliche Vergewaltigung. Was früher mal als selbstverständlich unter den ehelichen Pflichten subsumiert war.

Erst mit Crampas darf sie erfahren, was „französische" Erotik bedeutet mit dem – im besten Falle gemeinsamen - Orgasmus als Höhepunkt.

Anschließend fragt Effi Crampas: „Ist das Liebe?" Er: „Nein. Freiheit!" Sie: „Noch mal!"

Erneut erscheint der Mann als Beherrscher der Szene - gegenüber Instetten gleichwohl in einem ganz anderen Licht. Immerhin! Und warum denn nicht?

Wann und wo hat man solch eine Szene auf der Leinwand zu sehen und belauschen dürfen, in der zumeist tabuisiertes Vergangenes geschildert wird, und dieser Rückblick zugleich emanzipatorische Verheißung in der Zukunft der Protagonist*innen wie der Gegenwart von uns beeindruckten Zuschauer*innen zu erkennen gibt!?

Wenn Effi nach später Entdeckung ihrer natürlichen sexuellen Bedürfnisse vom Ehemann verstoßen und vom gemeinsamen Kind entfremdet wird, und die Eltern ihr jeglichen weiteren Kontakt verweigern, ist es gleichwohl wie selbstverständlich denkbar, dass sie, die ohnehin an gebrochenem Herzen leidet, in der „Isolationshaft" in allertiefste Depression verfällt und das in einer Zeit, als die sich gerade erst entwickelnde Psychoanalyse und -therapie allenfalls von einer Minderheit in der wilhelminischen Gesellschaft in Anspruch genommen wurde.

Nicht nur aus heutiger Sicht, sondern bei Fontane, wie gesagt, bereits angelegt, ist ein solcher Verfall in die Katastrophe eben nicht zwangsläufig, wie ich behaupten möchte.
Die kluge Effi fühlt sich schon ein bisschen schuldig, aber sie durchschaut die Bigotterie, die Heuchelei derer, die ihr im Namen von Moral, Sitte und Ehre nicht etwa einen – wenn denn nötigen – Weg zur Läuterung weisen, sondern sie bestrafen in einer Weise, die auch in der damaligen Zeit nicht nur als überzogen, sondern als völlig unangemessen empfunden wurde.
Daraufhin hat die „Schwerstverbrecherin" eine gesunde, weil befreiende Wut im Leibe. Sie gibt Klavierunterricht und kann als Bibliothekshelferin vermutlich auch ohne Unterstützung der Eltern leben. In deren Gegenwart und zu deren großer Verblüffung – wir sind also immer noch bei der Huntgeburth-Version - zündet sie sich selbstbewusst eine Zigarette an und schaut beinahe so kess in die Kamera wie die Hauptperson in Ingmar Bergmans Film „Ein Sommer mit Monika" (Sommaren med Monika).
Vielleicht freut sie sich auf die Begegnung mit einem Mann ... einem heißen Date mit ihm womöglich? Oder sie nimmt die Pferdebahn, um wie ein Kritiker scherzte – Clara Zetkin, die große Kämpferin für die Gleichstellung von Frauen, zu treffen.

Natürlich gehen die Regisseure einschließlich Fontane im Hinblick auf Erotik nicht gleich in medias res: sie tanzen zunächst miteinander – Walzer im Rittergut Hohen-Cremmen, später im örtlichen Festsaal von Kessin,einfach auf Stroh, Tang, Netzen oder worauf auch immer.

Crampas (besonders überzeugend dargestellt durch Mišel Matičević) geht noch einen entscheidenden Schritt weiter: Er spielt mit Effi erotisch angehauchtes Theater.

Nachdem es dem neuen Bezirkskommandanten Crampas als Vorsitzendem des Vergnügungskomitees und Gieshübler gelungen war, die Baronin davon zu überzeugen, gegen alle ihre bisherigen Bedenken nun doch die weibliche Hauptrolle Ella zu geben in Ernst Wiecherts Lustspiel „Ein Schritt vom Wege" während eines von drei italienischen Abenden kurz vor Weihnachten, erleben wir eine Bühnenprobe mit Effi, Crampas als Dramaturg und Regisseur sowie in der Rolle des Arthur von Schmettwitz.

Wir lauschen mal rein in den Dialog, der mit dem Autor des heute längst vergessenen Stückes wenig gemein hat, sehr wohl aber den emanzipatorischen Geist von Fontane (bei ihm gibt es Dialog aber auch nicht), den von Flauberts „Madam Bovary" und Leo Tolstois „Anna Karenina" so richtig zum Beben bringt:

Ella: „Haben Sie auch schon mal empfunden so eine sehnsüchtige Wehmut in die blaue Ferne, dass man sich und sein Leben fortwerfen und sich ins Ungewisse stürzen möchte?

Ich weiß, dass es nicht Recht ist, wenn eine Frau solche Gedanken in sich aufkommen lässt. Aber wenn man jung ist und plötzlich in die große weite Welt geworfen wird und in viele seltsame Grenzen eingesperrt wird, dann könnte die Sehnsucht ..." (Effi zögert),

Crampas: „ ... dann könnte die Sehnsucht ... dann könnte die Sehnsucht übermächtig werden und nach der Tat verlangen. Ja. Sie spüren die Stimme der Natur stärker als die Regeln der

Gesellschaft, die jede Frau zur Sklavin jämmerlicher Vorurteile macht. Warum sollte das Weib nicht frei seinen Neigungen folgen dürfen wie der Mann ..." (...er tänzelt im Halbkreis um sie herum...) „... uns in die Freiheit führen dürfen bis an die Tafel des Lebens."

Angesichts Campras' eigenmächtig erscheinender Textgestaltung im Eroberungsmodus wird es Effi mehr unangenehm als angenehm und sie fällt ihrerseits aus der Rolle: „...das geht zu weit! Sie überschätzen mich Crampas!! ..."

Es handelt sich also nur um eine Probenvorstellung, wie an Effis Rollenunsicherheiten und Crampas Einhilfen unschwer zu erkennen ist. Rollenunsicherheiten in zweifacher Hinsicht?

Höchst wahrscheinlich. Und spätestens dann bemerken wir es, wenn die Kamera auf das Gesicht eines von zwei Beobachtern zufährt, nämlich auf das von Gieshübler: sein verwunderter Blick verrät uns, dass er soeben etwas hinter den Fassaden entdeckt hat, etwas, das sich für seine hochverehrte Baronin womöglich als bedrohlich erweisen könnte?

Eine vergleichbare Szene gibt es bei Fassbinder. So wenig wie Fontane interessiert er sich für den eigentlichen Bühnenauftritt, sehr wohl aber für das Ereignis als solches.

Gieshübler besucht Effi, um sich nach dem Verlauf der Theaterproben zu erkundigen. Effi beklagt sich über Crampas, er habe etwas Gewaltsames. Wie sie das meine, will der Apotheker wissen. Effi erklärt es so, dass der Major als Regisseur einem gerne die Dinge über den Kopf fort nehme, und man müsse dann spielen, wie er es wolle und nicht, wie man es selbst möchte.

Gieshübler, den es die Sprache verschlägt, wendet sich von Effi ab, indem er den Kopf zur Seite dreht, und so hält ihn die Kamera für eine Weile fest. Was verrät uns sein Profil? Vorahnung, Sorge, gar Entsetzen?

216

Eine weitere vergleichbare Szene gibt es bei Luderer, die uns in besonderer Weise verblüfft.

„Ein Schritt vom Wege" feiert Premiere. Der Saal ist voll. Im Publikum darf der Landrat natürlich nicht fehlen.

Der spannungsgeladene wie doppelbödige Dialog zwischen Effi und Crampas gleicht dem oben zitierten aus der fünften Version weitestgehend.

Instetten hört ihn und schaut doch amüsiert bis hoch erfreut über das große Talent von Effi. Der Vorhang fällt, und er applaudiert dem Paar wie alle anderen Zuschauer*innen voller Begeisterung. Seine Frau wird ihm gewiss zur Wiederwahl als Landrat verhelfen.

Bei aller Unterschiedlichkeit zwischen Gieshübler und Instetten, der eine hoch sensibel, feinfühlig und empathisch, der andere „frostig wie ein Schneemann", wie ihn Effi einmal charakterisiert, ein so hohes Maß an „Betriebsblindheit" passt kaum weder in den Kontext Fontanes noch den Luderers.

Um diese Widersprüchlichkeit zu vermeiden, hätte Luderer von Gründgens lernen können: Instetten wohnte auch dort der Aufführung bei. Auf der Bühne Crampas als stocksteifer Arthur von Schmettwitz in Ritterrüstung mit noch stocksteiferen verstaubten Repliken aus Wiecherts Stück, wobei er zumeist stur ins Publikum stiert, beinahe ohne Effi eines Blickes zu würdigen. Diese hat als Ella nicht viel mehr als einen Halbsatz zu sprechen. Dieser Kurzauftritt vermochte alles Mögliche, aber gewiss nicht den Argwohn von Effis Ehemann zu erwecken.

14

Wie angekündigt möchte ich zu guter Letzt noch einmal auf Hermine Huntgeburths Gestaltung des widersprüchlichen Verhältnisses von Effi und Dagobert zurückkommen, das ihr höchst wahrscheinlich noch zwei, drei Schritte tiefer auszuloten gelingt als Fontane ... bis zur Schmerzgrenze.

Bei seinem Antrittsbesuch in der Berliner Wohnung in der Keithstrasse verfällt der attraktive Mann in heftigste Eifersucht. Die höchst betroffene wie gerührte Effi stürzt auf ihn zu in einer Weise, wie sie es wohl nur in Gegenwart Crampas gewagt hätte. Effi: „Bist du mir denn noch böse?" Dagobert erstarrt den Tränen nah. Effi: „Doch, du bist mir böse!" Erschüttert weicht sie – jetzt aus gar schon intimer Nähe der Gesichter - zurück und brüllt die Frage in den Raum: „Aber warum hast du denn damals nichts gesagt?!!!"

In dem Moment betritt Instetten den Raum, den Dagobert fluchtartig verlässt. Und wir haben vielleicht die emotional tiefgreifendste Szene dieses Meisterwerks erlebt: eine Tragödie von antiken Ausmaßen, die keinerlei Auswege lässt, hoher Fallhöhe, Anagnorisis, Katharsis auch?

Im Zentrum eine multiple Persönlichkeit mit widerstreitenden Komponenten aller beteiligten Figuren einschließlich Rollo. Manche offenen Fragen drängen sich in den Vordergrund: Hätte es denn z. B. etwas genützt, wenn es Effi gewesen wäre, die damals etwas gesagt hätte?

Nachdem Effi ihr erotisches Glück in der Holzhütte gefunden hatte, fragt sie ihren Geliebten, ob er mit ihr fliehen würde, er verneint dies mit der Begründung, er trage Verantwortung für seine beiden Buben. Crampas also doch kein Hasardeur, der das in einem anderen Kapitel näher beschriebene Schicksal des verheirateten schwedischen Leutnants Sparre vor Augen hatte, der mit der blutjungen Seiltänzerin Elvira Madigan in die dänischen Wälder floh, um dem Tod zu begegnen?

Wenn Effi später ihrer Mutter bekennt, dass sie den totgeschossene Major nicht einmal geliebt habe, dem Gegenbild zum Ehemann, der ja so eigentlich ohne Liebe war? Weil der Major ihr als Feigling erschien, oder weil sich letztlich auch für sie die Liebe verbot zum Schutz der Familie?

Oder bezog sich vor ihrem Dahinscheiden all ihr Schrei nach Liebe allein auf Dagobert (wie die beiden tanzen in der zweiten Szene ... voller Feuer!)– was hatten ihr denn schon Reichtum und vornehmes Haus, Staatmachen und „ganze Männer" genützt? In der Eingangsszene des Romans sprachen der naseweise Backfisch Effi und ihre Freundinnen über Leid und Freud und Sünden des Liebeslebens, und Effi bekennt sich ohne wenn und aber zu ihrem Credo, eine (Liebes-)Geschichte mit Entsagung sei nie schlimm!

Fontane, der ja direkte und indirekte Vorausdeutungen liebt, bleiben wir im Verlauf der nächsten Seiten auf der Spur eines selbstgewählten Lebensentwurfes, zumal er die Beschreibung der Eigenwilligkeit seiner Heldin noch ein wenig verschärft, wenn er von ihr sagt, dass wenn sie das Beste nicht bekommen könne, sie wohlweislich auf das Zweitbeste verzichten würde.

In Huntgeburths feinsinnigem Kinowerk wird das ganze Ausmaß des Irrtums der vermeintlich relativ harmlosen Vorausdeutung erkennbar, die sich letztendlich als ein ihr innewohnende schrecklicher Fluch entpuppt, der aus einem mehr oder weniger gewollten Eheplan eine so gewiss nicht gewollte Selbstverstümmelung hat werden lassen.

„Aber Julia Jentschs Effi überlebt – zwar vom Schicksal gebrochen, aber immerhin!!" rufen Lene und Botho aus dem Zuschauerraum.

Johanssons 2. Fall

1

Thomas Johansson befand sich in einem schrecklichen Dilemma zwischen halbwachem Verstand und verwirrtem Gefühl, privatem Recht und kategorischem Imperativ, zwischen Wahrheit und Lüge.

Mit seiner Linken versuchte er, den Körper der schlafenden Friederike zu ertasten. Doch das Bett war, wie er befürchtet hatte, leer.

Halbleere Tassen und Gläser schlugen klirrend zu Boden, als er vergeblich den Lichtschalter suchte und mit seinem Handy auf dem Nachttisch die Taschenlampe einschaltete. Er alarmierte einen Rettungswagen mit einem Notarzt sowie die Polizei, und er versäumte es nicht seinen Kollegen Lengefeld zu bitten, baldmöglichst vorbeizukommen, als seelischen Beistand sozusagen.

Er zog sich etwas über und eilte nach draußen.

Von der Liebeslaube im Bauerngarten des Pastorats konnte er beobachten, wie das Licht im gesamten Obergeschoss eingeschaltet wurde, und zwar in Festtagshelle.

Die Klänge für zwei Stimmen und Kontrabass von Johann Sebastian Bach waren längst verklungen, als er Sirenengeheul in weiter Ferne vernahmen und Friederikes Rufe, so laut, dass er sich die Ohren zuhalten musste. „Thomas, wo bist du? Was ist dir?". Ihr Geschrei zerstörte augenblicklich die Stille in der Idylle.

In der Idylle?

Johansson ging in die Hocke, und als er Friederike zur Tür hinausstürmend erblickte, flüchtete er unter die Ruhebank der Liebeslaube.

Der Sanitätssprinter hatte knirschend den kiesbelegten Vorplatz erreicht, als auch schon der Notarzt dem Wagen flink entsprang, auf Friederike zutrat und sie fragte: „Was ist denn passiert, Frau Ortmann?"

Friederike vermochte nicht sofort zu antworten, sie musste erst tief Luft holen, richtig durchatmen, dann setzte sie sich auf einen der Korbstühle neben der Eingangstür.

Mittlerweile waren auch Polizisten*innen eingetroffen, standen zuletzt im von Autolampen beleuchteten Halbkreis vor seiner Rike, sodass Johansson nicht länger die angebetete wie furchteinflößende Frau betrachten konnte.

Es wäre etwas Gravierendes passiert. Friederike wurde vom Notarzt auf Herz und Nieren kontrolliert, sie stand sichtlich unter Schock und war nicht vernehmungsfähig.

Der Altpfarrer saß oben in seinem Schreibtischstuhl in eine Decke eingehüllt, stand ebenfalls unter Schock und für weitere momentane Polizeiarbeit offenbar nicht zur Verfügung.

Johansson hatte sein Versteck unter der Liebeslaube verlassen und trat auf den vernehmenden Kommissar zu. Inzwischen war auch sein Kollege Lengefeld eingetroffen, der Johansson fest umarmte.

„Es ist gut, dass sie gekommen sind, lieber Lengefeld, es ist schlimmer gekommen, als Sie und zuletzt ja auch ich selbst befürchtet hatten."

„Ich weiß nicht, wie ich mich bei Ihnen überhaupt entschuldigen kann", wand Lengefeld ein. „Lieber Johansson, als ich Ihnen damals riet, den Pfarrer in seiner tiefen Schuld in Ruhe zu lassen und dafür Friederike um so mehr zu lieben. Ihr Anruf vorhin hat mich doch sehr schockiert, muss ich Ihnen gestehen. Nie im Leben wäre mir in den Sinn gekommen, dass die selbstbewusste ältere Tochter wie ihre leidgeprüfte Schwester ebenfalls Opfer des kranken Vaters hätte werden können."

„Nein, es trifft Sie keine Schuld", versuchte Johansson seinen lieben Kollegen vom Thüringer Tageblatt zu beruhigen. „Wir beide wussten ja, dass der Altpfarrer seine jüngere Tochter und seine Enkelin auf dem religiösen oder weltlichen Gewissen oder gar von beidem etwas hatte. Aber heute Nacht waren ihm zwei Opfer offensichtlich nicht genug. Der große Liebhaber von Heinrich Schütz, der mit seiner Tochter Anna-Magdalena nachweislich nur Bach-Kantaten gesungen hatte, von ihm drang völlig überraschend Bach-Musik nach unten, nicht als Solo sondern im Duett ... „ Er stockte, weil ihm die Tränen kamen. „... ich fühlte nach Rike, aber ihr Bett war leer, also musste ich befürchten, dass allein Rike seine neue Gesangspartnerin gewesen sein musste. Für mich war klar, meine geliebte Rike könnte das dritte Opfer eines reuekranken Geistlichen werden."

„Ja, danke," Herr Johansson, meldete sich der Kommissar zu Wort, „wir kennen ja die Vorgeschichte mit dem Verschwinden Leas, mit der Neuaufbettung des Grabes von Anna Magdalena und den ins Bild passenden musikalischen Gewohnheiten des Herrn Ortmann. Natürlich müssen wir noch die Verhöre von Vater und Tochter abwarten. Das Verhalten des Vaters erscheint mir dringlich auf Zurechnungsfähigkeit überprüfbar zu sein. Das Verhalten der Tochter hingegen erscheint mir höchst rätselhaft – auf den ersten Blick hat es durchaus etwas Suizidales.

2

Friederike Ortmann und Thomas Johansson saßen händchenhaltend im gemütlichen Café Roland in Quedlinburg. Friederike betonte zum dritten mal, dass ihr nächtlicher Besuch oben bei ihrem Vater gar nichts, aber auch gar nichts mit depressiven Gefühlen oder gar Selbstmordgedanken zu tun gehabt hätte.

„Weißt du, Liebling, es hatte etwas mit Mitgefühl, gar Mitleiden zu tun, nicht mehr, aber auch nicht weniger. So sehr verliebt ich doch in dich war, fühlte ich mich stark genug, meinem beständig traurigen Vater vielleicht einmal einen großen Wunsch zu erfüllen. Heinrich Schütz war für ihn ja selbsterklärtermaßen nur Tarnung, Bach galt seine große Passion wie meiner Schwester, die Tochter einer anderen Frau, wie du weißt. Ich war also ohnehin nur Mittel zu Zweck.

Der Prozess gegen Pfarrer Ortmann zog sich lange hin und erwies sich als gefundenes Fressen für die Boulevardpresse nach dem Motto: nicht Hund beißt Mann, sondern Mann beißt Hund . Zuletzt wurde der ehemalige Pfarrer zu einer langjährigen Haftstrafe verurteilt, ohne dass er gedachte, dagegen Berufung einzulegen.
Als Friederike und Thomas von dem Urteil erfuhren, merkten sie erst, dass das unheimliche Zittern in ihren Gelenken zwischendurch noch gar nicht aufgehört hatte – wie konnte sich eine so außergewöhnliche Untat so nachhaltig auf die Angehörigen auswirken?

3

Friederike brauchte unbedingt einen andern Himmel. Sie beschloss, zehn Tage Urlaub zu nehmen und bat Thomas, ihn für diese Zeit nach Hamburg begleiten zu dürfen und versprach, ihn bei seiner Arbeit nicht stören zu wollen.
Thomas reagierte hoch erfreut – endlich gemeinsam Abstand nehmen von Thüringer Gruseligkeit, und er bot Friederike an, ihr sein Auto zu leihen, damit sie Land und Leute in und um Hamburg kennen- und vielleicht auch liebenlernen könnte.
Wie ihre Schwester hatte auch Friederike vor ihrem Theologiestudium angefangen, Kunstgeschichte in Weimar zu

studieren. Ein ihr zumeist unbekanntes Paradies bis hoch an die dänische Grenze lag ihr nun zu Füßen.

Sie begann ihre Kunstreise zu Fuß mit dem Besuch der Kunsthalle neben dem Hamburger Hauptbahnhof. An einem anderen Tag verband sie die Wirkungsstätten von Ernst Barlach und Horst Janssen nicht weit entfernt von der Elbmündung. Und von dort war es gar nicht weit bis zur heute noch anheimelnden Künstlerkolonie Worpswede.

An einem Sonntag fuhr sie hoch an die Nordsee nach Seebüll, durchwanderte ehrfurchtsvoll den Blumengarten und bewunderte im Museum vor allem drei Gemälde Emil Noldes, das große Triptychon mit einem vielleicht jüdisch aussehenden Jesus? Die afrikanische Frau mit ihrem kleinen Kind und das würdevolle Bildnis einer zur Entstehungszeit so genannten „Zigeunerin“.

Nolde war Rassist, keine Frage.

Antisemitische, antizigane, antinegride Züge indes vermochte sie in den wunderbaren Menschenporträts nicht zu entdecken, wohl aber den entschiedenen Willen, ihnen ein bleibendes Denkmal zu setzen.

Widersprüchlich. Gewiss. Nolde strebte unermüdlich danach, partout unter den Nazis Karriere zu machen. Ob sein Pinsel etwas andere wollte als sein nordfriesischer Dickschädel?

Mittags fuhr sie voller neuer Eindrücke und Gedanken über die momentan vieldiskutierte Rolle Noldes in der NS-Zeit zurück nach Hamburg, um es sich während Thomas' sonntäglicher Freizeit zu zweit irgendwo gemütlich zu machen. Im Gängeviertel suchten sie sich einen Platz beim kleinen Italiener aus, bestellten jeweils eine Portion Pasta frutti di mare und dazu ein Glas trockenen Weißweins.

War es Zufall?

Thomas arbeitete gerade an einem Artikel über die beiden aktuellen Ausstellungen über Nolde. Die eine hatte er gerade besichtigt, die größere in Berlin wollte er nächste Woche aufsuchen. „Kommst du mit?" wollte er von Friederike wissen. Die bedauerte, keinen Urlaub mehr zu haben.

„Und, Schatz, hast du dich im Nolde-Streit irgendwie eingenordet?"

„Ach, süße Rike, mein liebster Schatz, bin zwar mit der Urteilsfindung noch nicht am Ende. Siehe Berlin.

Der große Caravaggio war bekanntlich ein Mörder. Seine Bilder gehörten abgehängt, wenn er in ihnen Mord und Totschlag verherrlichen würde. Tut er das?

Nolde war ein überzeugter Nazi. Seine Bilder gehörten abgehängt, wenn seine Blumen und Meeresbilder Antisemitismus, Nationalsozialismus und Militarismus durchschimmern ließen. Tun sie dies?"

Friederike stimmte ihm aus voller Überzeugung zu, zumal sie heute nicht nur ideologiefreie Marschen, sondern auch ideologiefreie Menschen gesehen hatte.

4

Am Montag fand auf dem Kieler Exerzierplatz ein großer Antiquitäten- und Flohmarkt statt.

Friederike interessierte sich für alles, was mit Grafiken, Aquarellen und Ölgemälden zu tun hatte. Nach einem etwa dreistündigen Rundgang war sie nirgends fündig geworden und wollte unverrichteter Dinge aufgeben, als sie an den Stand einer älteren Dame stieß, die einen ziemlich kleinen Kasten vor sich aufgestellt hatte, in den entsprechend kleine Kunstwerke hineinpassten.

Sie blätterte die Bildnisse durch und traute ihren Augen nicht: ein 18 x 22 cm kleines Ölbild: „Dunkle Wolke über dem Meer", Emil Nolde. Ein kleiner klassischer Nolde.

225

„Ist der echt?" fragte sie die freundliche Händlerin. „So echt wie ich bin", erhielt sie zur Antwort.

„Was soll das Bild denn kosten?"

„Na, weil Sie es sind, gebe ich Ihnen zehn Prozent Rabatt, also 900 €."

Friederike blätterte ihr die Scheine hin und rief mit ihrem Handy sogleich eine Kunstlehrerin aus ihrem Fachstudium an, mit der sie sich damals angefreundet hatte, und von der sie wusste, dass sie auch als Kunstsachverständige tätig war. Sie wohnte in der Nähe von Kiel, in Molfsee.

Die Wiedersehensfreude war groß, denn die Freundschaft einst war wohl größer als unter Frauen üblich. Dann verloren sie sich plötzlich aus privaten Gründen aus den Augen. Männer halt …

Anna-Lena betrachtet das Objekt gründlichst unter der Lupe von allen Seiten.

„Das kleine Werk bedarf einer viel gründlicheren Expertise, als ich sie dir auf die Schnelle geben kann. So, wie es für mich hier aussieht, ist das Bild das zehnfache Wert wenn nicht mehr."

Anna-Lena hauchte noch einmal über die schöne Oberfläche und gab das Kleinod an Friederike zurück.

Über Herkunft, Besitzerin und noch viel mehr über den Verkaufsort Krammarkt konnten beide sich nur wundern.

Friederike bedankte sich für die großartige Hilfe, entschuldigte sich für ihre Eile, aber sie müsste sofort zurück zum Markt.

Zu spät!

Die Verkaufsstelle war inzwischen geräumt.

Sie fragte die Verkäufer*innen in der Nähe der „Leerstelle", ob sie etwas über die Bildhändlerin wüssten. Sie schüttelten mit dem Kopf.

Da trat ein Verkäufer von gegenüber an sie heran.

„Die Dame heißt Irina Rosenberg und wohnt im Gutshaus des Barons von Moltenbergen in Dänischhagen. Meines Wissens schon seit Jahrzehnten und arbeitet höchstwahrscheinlich als Haushälterin bei ihm, denn der alte Herr lebt meines Wissens inzwischen allein."

Sie ließ sich den Weg zeigen und gab die Daten ins Navy ein.

Nach knapp einer halben Stunde hatte sie den ansehnlichen Adelssitz erreicht und fuhr auf dem knarrigen Kiesweg dem Eingang entgegen.

Plötzlich wurde im ersten Stock ein Fenster aufgestoßen, und von einer Jagdflinte wurde ein Schuss in die Luft abgegeben.

Friederike: „Ich wollte doch nur fragen ..."

Ein zweiter Schuss fiel, und das Fenster wurde zugeschlagen.

5

„Du in diesem Fall könnte ich dir vielleicht helfen", meinte Thomas beiläufig.

„Vor Jahren wollte ich den Querkopf mal interviewen zu seinem möglichen Besitz von Nolde-Bildern. Mit der Bemerkung, die gäbe es nicht, lehnte er weitere Gespräche rundum ab. Natürlich gab oder gibt es diese Bilder, wie ich dir gleich noch erläutern werde.

In diesem Jahr will er mir allerdings Auskunft gegeben über die Pläne von Kiel-Land, das Gut Moltenbergen zu einem großen Hotel mit Reitschule umzubauen.

Über diesen Weg könnten wir ihn vielleicht noch am Wickel kriegen."

Friederike: „Eigentlich möchte ich doch nur Frau Irina Rosenberg besuchen und sprechen. Aber wie soll mir das gelingen, wenn der Hausherr womöglich auf mich schießen lässt?"

„Genau darum müssen wir Umwege finden, der direkte bleibt uns verschlossen", versuchte Thomas Friederike von seinem zwielichtigen Plan zu überzeugen.

„Schillernde Figuren verlangen schillernde Annäherungsweisen.

Weißt du, von Moltenbergen galt schon in der NS-Zeit als unberechenbarer Zeitgenosse, halb Widerständler nach Art des alten Adels, halb Mitläufer.

Das wenige, das ich über ihn weiß, will ich dir kurz berichten, damit du dir ein Bild machen kannst, das mit Sicherheit zu Emil Nolde führt."

Sie hatten inzwischen das Restaurant verlassen, schlugen die Mantelkragen hoch und unternahmen einen Spaziergang rund um die nahe Binnenalster.

„Du, allerliebste Kunstexpertin", fuhr Thomas fort, „du weißt natürlich von dem Malverbot, mit dem Nolde von den Nazis bestraft wurde, und welches ein einfacher Schupo zu beaufsichtigen hatte, sodass wir die Sache verkürzen können.

Der „kleine" Polizist Rudberg und der „große" Baron waren dicke Freunde. Zunächst.

Die Freundschaft wurde Rudberg zu Verhängnis. Der Baron bat Rudberg, Nolde trotz Malverbots ein Bild malen zu lassen – zu einem guten Preis für Rudberg und etwas weniger für Nolde.

Er, der Baron, würde das Bild von unschätzbaren Wert in seinem Schloss gut zu verstecken wissen, der Polizist hätte sich ein Zubrot verdient, und Nolde wäre wieder in Brot und Lohn gekommen.

Und so ging es weiter. Von Moltenbergen beauftragte, Nolde malte ungemalte Bilder, Rudberg kaufte sie ihm ab, das Malverbot blieb offiziell gewahrt, bis Überprüfungen von oben, auch wenn sie erfolglos blieben, Rudberg einen großen Schrecken in die Glieder fahren ließ, und er unbedingt sofort aussteigen wollte.

Nun aber begann der Baron seinen alten Freund zu erpressen: nur ein anonymes Wörtchen nach oben, und der kleine Dorfpolizist dürfte im KZ Fröslee oder Russee ‚seine Dienste' ausüben. Und so weiter und so fort.‟

„Hätte der Polizist nicht auch den Spieß umdrehen können‟, fragte Friederike.

„Normalerweise schon. Aber pass auf: jetzt schlägt die Geschichte einen verrückten Haken.
Vielleicht wollte der Baron als Antifaschist etwas Gutes tun, vielleicht wollte er auch nur gut und leicht Geld verdienen.
Dass er ein Nazigegner war, daran gibt es keinerlei Zweifel.
Immerhin hatte er bei sich zwei Frauen versteckt: die Jüdin Irina Rosenberg und die Romni Ornella Tanziella.
Er, der verheiratet war, hielt die beiden Schutzbefohlenen als seine heimlichen ihm stets zu Diensten willigen Geliebten.
Einmal soll Ornella Romani vor der Gnädigen, die mit der Aufnahme der Frauen einverstanden gewesen sei, damit geprahlt haben, dass der gnädige Herr ihr schöne wertvolle Bilder geschenkt habe.
Die Baronin war nicht auf den Kopf gefallen und verstand die intime Bedeutung der Geschenke unmittelbar. Ein Anruf bei der nächsten Polizeidienststelle hatte genügt: Ornella Tanziella wurde ins KZ Russee südlich von Kiel verbracht. Der Baron ging für dreieinhalb Jahre ins Gefängnis und ließ sich noch vor Antritt seiner Haft von seiner Frau scheiden.
Irina Rosenberg, die sich in den weitläufigen Gemäuern des Gutes bestens zu verstecken wusste, blieb bis Ende der NS-Zeit die unsichtbare Herrin von Gut von Moltenbergen und weiter die ja nur fast heimliche heiß begehrte Geliebte des Barons. Gleich nach Kriegsende wurde sie seine zweite Frau.‟

„Und was wurde noch in der NS-Zeit mit den Nolde-Bildern? Der Polizist wurde doch gewiss gezwungen zu plaudern - oder?" Wollte Friederike wissen.

„Gewiss. Anders als Ornella war bzw. ist Irina eine besonders kluge Frau. Sie nahm etwa dreiviertel der für ihren Mann angefertigten Nolde-Bilder, verpackte jedes einzelne in Zeitungspapier, legte sie in zwei Umzugskartons und stellte diese direkt vor den Kamin, als hätte man sie verbrennen wollen, wenn sie nicht konfisziert worden wären. Und das wurden sie bald schon.
Die Nazis im übrigen verbrannten sie mitnichten, vielmehr verkauften sie viele von ihnen meistbietend ins Ausland, von denen etliche ab 1945 unbeschadet nach Deutschland zurückkehrten."

„Und hinter welchen Spinnwebwäldern hatte Irina die übrigen verstecken können?"

„Sie hatte sie einfach ausgestellt statt zu verstecken. Zwölf Bilder hatte sie ausgewählt, welche Motive zeigten, die weder auf den ersten noch den zweiten Blick von Nolde stammen mussten. Auf den dritten Blick durchaus. In jedem der Räume hingen ein oder zwei dieser Bilder. Auch nicht einer der Zensoren und Inquisitoren, so sagt man, hätten sie auch nur eines Blickes gewürdigt."

6

Friederike musste diese Frau unbedingt wiedersehen. Ob die „anders" gemalten ungemalten Bilder immer noch die Wände des Palais zierten?

Diesmal wurden sie vom Baron halbwegs höflich empfangen. Das Interview mit Baron von Moltenbergen zog sich, so begeistert wie eitel er über den geplanten Umbau berichtete. Johansson interessierte das gar nicht, tat aber so beflissen, als ob der Gegenstand der Thematik von öffentlichem Interesse sein könnte.

Nach dem sechsten oder siebten Jägermeister, den sich der alte Draufgänger gönnte, wagte es Johansson, ihn nach dem Schicksal der letzten ungemalten Bilder zu befragen.

Der Baron sprang vom Ohrensessel auf und schrie, „soll ich Sie erschießen, Sie Saukerl??!!" Um sodann in einen Anfall von allergrößter Heiterkeit auszubrechen.

„Ich habe Ihnen doch schon mal gesagt", prustete er vor Lachen sich den Bauch haltend, „es gibt keine."

„Und die, die man bei Ihnen gefunden hatte?" insistierte Johansson.

„Die hatte man einfach beschlagnahmt. Also Geld bekam ich dafür natürlich nicht, ich wurde dafür aber auch nicht bestraft, weil ich sie ja nicht in den Handel gebracht hatte. Bestraft wurde allein der Polizist Rudberg. Klar, er hatte gegen seine Dienstvorschrift verstoßen, Geld verdient mit dem Verkauf von sogenannter entarteter Kunst, einem sogenannten entarteten Künstler Arbeit beschafft in Tateinheit mit was weiß ich denn. Er wurde sämtlicher Ämter enthoben und kam ins Zuchthaus nach Neumünster."

Friederike dauerte das alles viel zu lang und kam so freundlich, wie sie nur konnte, direkt zu Sache: „Lieber Baron von Moltenbergen, dürfen wir ihre liebe Gattin Irina noch auf ein Gläschen Wein im Kieler Schloss einladen. Wir möchten uns gerne noch dort ausgestellte Landschaftsbilder aus der Region anschauen?"

Der Baron vermochte nur mehr zu lallen: „Ach, geit mi doch av mit Weibers und Bilderns...!

7

Im Kieler Schloss hatte man sich ein ruhiges Plätzchen gesucht, ohne vom Besucheransturm allzu behelligt zu werden. Friederike hatte den Eindruck, dass es Irina gefiel, ihr „Königreich" mal für ein paar Stunden verlassen zu dürfen. Als ob sie Friederike Gedanken gelesen hätte, flüsterte Irina spontan: „Er behandelt mich gut, wie er es immer getan hat!"

„Warum weiß Ihr Mann nichts von den etwa zwölf geretteten Bildern? fragte Friederike. „Ich hatte mich während des Interviews ein wenig in den natürlich nur naheliegenden Räumlichkeiten umgesehen. Von den äußerst geschickt ‚versteckten' Bildern hatte ich nichts entdeckt. Existieren sie denn überhaupt noch?" wollte Friederike abschließend wissen.

„Natürlich, alle", antwortete Irina. „Nach Ende des Terrorregimes hatte Hubert sie mir zur Hochzeit geschenkt.
Ich habe aber meine Zweifel, dass er sich überhaupt noch an sie erinnern kann. Er hat mich auch nie nach ihrem Verbleib gefragt."

Friederike, von Neugier getrieben, ließ nicht nach, ihr Ziel zu erreichen. „Liebe Irina, wenn wir Ihnen hoch und heilig versprechen, niemals das Versteck zu verratenen, wenn wir nur einmal einen einzigen Blick auf die selten gesehenen Werke werfen dürfen?"

„Ihr könnt gerne die Werke anschauen. Aber ihr werdet ein Problem damit haben, dass die Werke selbst ein Problem haben, sodass ihr die Herkunft der Bilder anzweifeln werdet. Der Maler Nolde hatte nicht nur zwei Seiten, sondern mindesten drei."

Sie kehrten gemeinsam auf den Exerzierplatz zurück. Die letzten Händler räumten ihre Waren in Bananenkartons in ihre Autos. Irina klopfte an beim Händler gegenüber, den Friederike ja schon kennengelernt hatte.

„Fiete, zeig uns die Bilder", forderte sie ihren Marktnachbarn und vermutlich guten Freund auf. Erstaunt holte Fiete die gerade eben verstaute Kiste zurück und wickelte ein Bild nach dem anderen aus dem Zeitungspapier.

Irina kommentierte jedes einzelne Werk der Sammlung mit erstickter Stimme: „dies ist der älteste Sohn des Polizisten, Klaas, der kaum erwachsene Fahnenflüchtling, kurz bevor er von den Feldjägern abgeholt wurde; dies zeigt Noldes Geburtsort, das dänische Dorf Nolde, nachdem es von eindringenden Wehrmachtssoldaten angezündet worden war; dies ist ein Porträt von Klaas Schwester Hilke, die auf ihren Euthanasietod wartet; hier ist der Kommunist Heinrich Vogler aus der Künstlerkolonie Worpswede zu sehen vor seiner Emigration in die Sowjetunion, wo man den ‚Abweichler' alsbald nach Sibirien abtransportierte; hier noch ein Schattenriss von Carl von Ossietzky im KZ Esterwegen im Emsland; und dies ist schlicht und einfach ein schwarz-weißes Liebespaar. Reicht das?"

Frederike: „Und meine dunkle Meereswolke stammt nicht aus dieser Kiste?"

Irina: „Nein, sie stammt aus einer kleineren Sammlung der gefälligeren Nolde-Bilder, die ich der Auslieferungssammlung entnommen hatte, als ‚Diebesgut', wenn Sie so wollen. Acht Bilder etwa, um im der kargen Nachkriegszeit vom Verkauf eventuell davon zu überleben. Bis auf das Bild von einer Schafherde ging alles gut über den Tisch."

„Und was wird nun aus den unartigen Bildern?" wollte Frederike noch wissen.

Irina: „Die hebt Fiete für mich auf bis zu einer Zeit, da der Streit um Nolde zumindest abgeebbt ist.

Frederike: „Und warum bewahren Sie sie nicht in ihrem Stand auf?"

Irina: „Hubert liebt mich. Und kann sich an die letzten Bilder nicht erinnern. Aber er hat auch etwas Unberechenbares, wie Sie ja bemerkt haben. Was ist, wenn er mich nicht mehr liebt und plötzlich sich wieder an die Werke erinnern kann?
Viel mehr fürchte ich aber noch, dass ich als einzige Überlebende meiner jüdischen Familie Opfer einer neuen Pogromstimmung in Deutschland werden könnte. Ich bin nie frei von Angst, wenn Sie verstehen?
Fiete ist viel jünger als ich und als Kunstsammler Optimist, und er glaubt noch Zeiten zu erleben - auch mit Blick auf Nolde aber nicht nur - in denen sich vielleicht in Gewölben unter anderen Gewölben Werke finden lassen einer bisher noch unbekannten Periode."
Und Genau das war der Satz, mit dem Johansson seinen Artikel abschloss.
Frederike Urlaub war zu Ende. Am Montag begann ihr neuer Konfirmandenunterricht.
Den kleinen Nolde mit der unheilverheißenden dunklen Wolke hängte sie neben dem hellsten Fenster auf, damit sie möglichst nie wieder erinnert wurde an unheimlich dunkle Gruften unter noch dunkleren Gruften.

Fliehendes Flüchtiges

Eckhard Weise

Paperback:
978-3-7482-9159-6
19,99

E-Book:
978-3-7497-8870-5
2,99

In dem Buch „Fliehendes Flüchtige" bietet der Autor Eckhard Weise seinen Leser*innen einen teils angenehm hintergründigen, teils witzig-spritzigen überraschenden Einblick in sein dichterisches Schaffen. Im Kapitel I, Persönliches, gestattet er der Leserschaft Befindlichkeiten seiner wie vielen Alter Egos auch immer zu betrachten, zu be- bzw. verurteilen, insbesondere deren Versuche, Seelenleid zu entfliehen und Seelenheil endlich zu finden - in Zügen (im doppelten Wortsinn) träumerisch reisend. Im Kapitel II, Personalisches, mag es so erscheinen, als habe der Autor prominente und nicht-prominente Personen wie Vogelscheuchen mit menschlichen Angesicht in einem verwunschenen Garten aufgestellt – freilich nicht zum Abschuss freigegeben, eher zum Bemitleiden, Bewundern oder – von deren gesellschaftshistorischer Bedeutung her - zu hinterfragen und/oder wert-zuschätzen. In Kapitel III, Poetisches, so verspricht der Autor seiner Leserschaft, sich von ihm zumindest für Augenblicke in sein Himmelreich begleiten zu lassen, v. a. in den Gefilden von Haiku und Senryjūs, zu Themen wie Jahreszeiten, Fauna, Flora, Abgründe und Glücksmomente von versehentlich (?) als „Krone der Schöpfung" bezeichnete Wesen, mal in ihrer grauseligen Hoffnungs-losigkeit, mal in ihrer beharrlich erscheinenden Haltung, die Hoffnung sterbe zuletzt. Auf Letzteres konzentriert sich das Schlusskapitel IV, Politisches, mit teils ironisch-satirische Beschreibungen mancher Arten und Abarten von Recht und Unrecht, sei es in Form von Rache, sei es in der von Gnade.

Eckhard Weise, geb. 1949 in Rendsburg, lebt und arbeitet als Autor in Bad Hersfeld. Veröffentlichung von Lyrik und Prosa, Essays zu Literatur und Film. Zur Illustration tragen hauptsächlich die Familien Grund und Weise bei, d. s. : Manfred, Amelie, Stella Grund und Susanne Kirwan, geb. Grund sowie Ilse, Frank, Harald und Eckhard Weise

236

Zeitfracht Medien GmbH
Ferdinand-Jühlke-Straße 7
99095 Erfurt, Deutschland
produktsicherheit@kolibri360.de